音乐家的信

邱 健 选编

山东画报出版社

图书在版编目（CIP）数据

音乐家的信 / 邱健选编. -- 济南：山东画报出版社，2020.1
ISBN 978-7-5474-3320-1

Ⅰ.①音… Ⅱ.①邱… Ⅲ.①书信集-世界 Ⅳ.①I16

中国版本图书馆CIP数据核字（2019）第253683号

音乐家的信
邱 健 选编

责任编辑 韩 猛
装帧设计 王 芳 郭立杰

出 版 人 李文波
主管单位 山东出版传媒股份有限公司
出版发行 山东画报出版社
　　　　　社　　址　济南市市中区英雄山路189号B座　邮编 250002
　　　　　电　　话　总编室（0531）82098472
　　　　　　　　　　市场部（0531）82098479　82098476（传真）
　　　　　网　　址　http://www.hbcbs.com.cn
　　　　　电子信箱　hbcb@sdpress.com.cn
印　　刷 山东临沂新华印刷物流集团有限责任公司
规　　格 130毫米×210毫米　1/32
　　　　　6.25印张　100千字
版　　次 2020年1月第1版
印　　次 2020年1月第1次印刷
书　　号 ISBN 978-7-5474-3320-1
定　　价 25.00元

如有印装质量问题，请与出版社总编室联系更换。

写在前面

邱　健

　　书信时代不同于网络时代，写信、寄信、收信、回信的每一个环节都是有过程的。当笔尖在信笺上沙沙作响时，文字凝聚了手心的温度；当把贴了邮票的信件投入邮筒后，就开始了充满担心和牵挂的漫长等待；当邮递马车飞奔而来时，仍然伴随各种心事和猜测；当拆开信封的那一刻，一切等待终于有了结局……

　　音乐家的信件是彩色的花瓣，一片一片地在光阴的流逝中倾吐芬芳。这种芬芳穿越了时空，让躁动的灵魂安静下来。生活在音乐中是一种幸福、一种愉悦，伟大的音乐所构建的是人类共同的精神家园。音乐使人生得以完善、完美，正可谓兴于诗、立于礼、成于乐。人的一生都在修炼，幼儿养性，童蒙养正，少年养志，成年养德。虽然每个阶段的侧重点有所差异，但善与美的教育却是自始至终的。音乐教育历来是不可或缺的。音乐启迪心智、陶冶情操，既是道德伦理教育，又是审美鉴赏教育。

本书选编了外国音乐家莫扎特、贝多芬、肖邦、李斯特、瓦格纳、理查德·施特劳斯、威尔第、柴可夫斯基、巴托克、肖斯塔科维奇、梅纽因、马勒和中国音乐家马思聪、冼星海、聂耳的一些书信。选择这些音乐家有几重考虑。一是，他们都是影响中西音乐发展的著名音乐家，其所取得的音乐成就不言而喻。二是，他们都生活在靠书信联络的年代，对文字、对写作有着天然的敬畏之心。三是，他们的信件并未过时，所谈论的话题对今天来说仍然具有重要价值，可供阅读者、研究者借鉴。

深切理解一个音乐家有两种方式，一是聆听他的作品，二是阅读他的文字。诗以言志，乐以传心。如果能将二者有机地结合起来，那也许能感知到音乐家流淌在灵魂深处的声音。莫扎特的奏鸣曲能映现出他那纯净的、天使般的面庞，贝多芬的交响曲用生命的欢乐对抗存在的忧伤，肖邦的夜曲传递着战火中对亲人们的思念，巴托克饱含深情的民族音乐充满了对故土的眷恋。瓦格纳与李斯特的忘年之交，柴可夫斯基与梅克夫人的深厚友谊，理查德·施特劳斯与茨威格的亲密合作，马勒与阿尔玛的相知相爱，都是西方音乐史上的热门佳话。

中国音乐家也是如此。在聆听冼星海的《黄河大合唱》时，你是否会想到这位作曲家在民族危难、国家存亡之际发出的呐喊？他在写给战士的信中说："我们用音乐、用歌咏去替你们战斗！去替你们宣传！去替你们慰藉！你们不会打败的，因为你们可以听闻祖国的雄亮的歌声，为正义而斗争的歌声！"在高唱聂耳的《义勇军进行曲》时，你又是否会想到这位英年早逝的天才音乐家曾经的心灵告白？他在写给母亲的信中说："我现在是一个离开老巢的孤雁，我的故乡、我的老母和我的手足，是在几千、万里以外，我应该保重我的身体，向着我的光明的前途走去。"见信如见人，这些珍贵的信件值得阅读，它是语言文字在生命中留下的痕迹，最终凝结成为我们文化与精神的纽带。

每每阅读伟大音乐家的信件，总能感受到一种强大的精神气息，这种气息是那么真实、亲切。音乐家不是神，而是有血有肉的人，他们的内心依然需要倾诉，与至亲至爱的家人，与忠贞不渝的恋人，与患难与共的友人，等等。在倾诉中人与人之间拉近了距离，人性的善、音乐的美变得可望可及。

目　录

聂耳：国之歌者的青年人生规划　　1
　致母亲彭寂宽的信　　3
　致三哥聂叙伦的信　　11
　致友人张庚侯的信　　15

冼星海：中国人民的斗争是我的第二所
　音乐学院　　21
　致母亲的信　　24

致前哨将士书　　　　　　　　30
　　致钱韵玲的信　　　　　　　　32
　　致格里艾尔的信　　　　　　　41

马思聪：音乐是艺术中之最神秘者　　44
　　致徐迟的信　　　　　　　　　46

梅纽因：伟大的音乐演奏是无法竞赛的　51
　　致周巍峙的信　　　　　　　　53

肖斯塔科维奇：斗士与丰碑　　　59
　　致中国音乐家的信　　　　　　61

巴托克:我是一个匈牙利作曲家　　65
　　致妈妈的信　　　　　　　　　67
　　致贝乌·奥克塔维安的信　　　　72
　　致好友的信　　　　　　　　　75

理查德·施特劳斯：秘密　　　　79
　　致茨威格的信　　　　　　　　81
　　致茨威格的信　　　　　　　　83

  致茨威格的信   85

马勒：用音乐思考人生   89
  致阿玛尔的信   91

柴可夫斯基：灵感是一位客人   99
  致梅克夫人的信   101
  致梅克夫人的三封信   105

威尔第：怎样才是一个真正的艺术家？   116
  致文钦磋·托列里的信   118
  致弗兰切斯科·弗罗里摩的信   121
  致汉斯·彪罗的信   125

瓦格纳：远离尘嚣   128
  致李斯特的信   130
  致李斯特的信   135

李斯特：感恩与回馈   139
  致卡尔·车尔尼的信   141
  致卡尔·车尔尼的信   144

致巴黎的玛丽达古夫人的信　　146

肖邦：琐屑日常里的明亮与温暖　　151
　　家　信　　153
　　家　信　　156
　　致父母的信　　161

贝多芬：1802年，在绝望的边缘　　166
　　致卡尔与约翰的信　　168

莫扎特：真率者的谐谑与感伤　　174
　　致姐姐的信　　176
　　致父亲的信　　180

聂耳：国之歌者的青年人生规划

聂耳（1912—1935），出生于昆明，原名聂守信，中华人民共和国国歌《义勇军进行曲》的作曲者，有"人民音乐家"之称。聂耳在其短暂的人生历程中创作了数十首歌曲，如《卖报歌》《毕业歌》《大路歌》《梅娘曲》《铁蹄下的歌女》等，以及多首器乐曲，如《翠湖春晓》《金蛇狂舞》等。这些作品产生持续的影响力，其音乐具有鲜明的时代感、严肃的思想性、高昂的民族精神和卓越的艺术创造性。聂耳是我国新音乐的先驱，是无产阶级领导的革命青年运动的杰出代表，是中国音乐史上一面光辉的旗帜。

聂耳是一个志存高远的人，想过当医生、作家、军人、音乐家，并都为之努力过。在这些理想中，音乐也许是冥冥之中的选择。聂耳从小酷爱音乐，学习了竹笛、二胡、三弦等民族乐器，后来又学习了小提琴、手风琴、钢琴等西洋学器。聂耳曾发宏愿，要创作一首中国的《马赛曲》，为中国音乐的前途找到新方向。在他的信件中，字里行间透出了音乐的使命和担当。1935年，聂耳被党中央派往苏联考察，之后将完成他欧洲留学的梦想。取道日本时，他仍然不知疲倦地进行各种社会和文艺调查，却因在海滨游泳时不幸溺水身亡。他在日本期间谱写了后来成为中华人民共和国国歌的《义勇军进行曲》，用高昂雄壮的音乐激励国人万众一心、团结御侮，发出了中华民族的最强音。

致母亲彭寂宽的信

我亲爱的妈妈:

我望了好久的家信,好容易今天(一月二十一号)才收到了!不过事实上也是要这几天才可以收到的。我接信的时候,充满了无限的希望,急忙地把它拆开,看后,知道母亲为我着急,为我而悲伤,为我而昏倒在地。唉!出门的人,遇到这种消息,再没有比这样痛苦、悲伤的了!我先看了二姐[1]写的一封,

---

〔1〕指聂蕙如,她因父亲病逝后家里经济困难,1917年即远嫁至北京。

心里充满着惶恐和悲痛;后来看三哥[1]写的一封,我没有看了三分之一,我的潮水似的眼泪,不住地涌了出来。当我看完以后,我内心里的悲痛,面孔上的眼泪,情绪的高涨,简直不能形容了。但是我回头想想,我现在是一个离开老巢的孤雁,我的故乡、我的老母和我的手足,是在几千、万里以外,我应该保重我的身体,向着我的光明的前途走去。我这样地安慰了自己,赶快打开了笔墨来写回信。

亲爱的妈妈!我这次的出外,完全是环境的支配,使我不能不这样做,我感觉到云南不是可以发展的地方。谈到读书,外面挂了高级师范的名而没有高级师范的实。我想,现在我已经从中学毕业,入了三学期的高师,还有三学期又是高师毕业学生,究竟拿得出什么实学来呢?不只我一个人是这样,实在是云南教育界的根本问题。谈到做事,云南的纸币这样低落[2],即使一人每月有几十元的进款,不但不能补助家庭,就是维持一人的经济独立也

---

[1]指聂叙伦。

[2]唐继尧统治云南期间,因连年对外省用兵,大量滥印纸币,造成滇币价值大幅度下跌,当时要四元七角滇币才能兑换南京国民政府中央银行发行的一元法币。

怕困难……所以我看到这点,决意要到外省发展;不论读书、为工、为商、为军,都要向外发展。

现在不知道也知道了,什么军事学校,完全是安慰家庭的话,简直就是来当新兵。我原来的计划是到了香港可以找到《大光报》的黄天石[1]先生,看机会说话,或许可以逗留在香港和他做工作。不料轮船到了香港,不许上岸,接着换了另一只轮船直达广州。这是我的计划失望的第一步。

我在广州也有朋友,在这里休息的那一天是很自由的。不过地方太繁华了,在街上逛了一天,始终没有会到一个朋友。这是我的计划的第二次失望。

到了湖南郴州,我本想找范军长亲自谈话,可是范军长这老滑头早知道这些琐碎事情,他下命令所有来的新兵不许会他,这又有什么办法呢?这又是我的计划的第三次失望。屡屡失望,真是没有什么办法,只有忍气吞声地去过士兵生活,闷倦的时候,只有找几个朋友谈谈话——省高中的赵江、陈经武,成中[2]毕业的范成初、罗洪昌……他们都是这次出来的。

---

[1]香港《大光报》总编辑,曾在昆明多次发表鼓励青年上进的讲演。经友人介绍,聂耳曾在昆明拜访过他。
[2]昆明私立成德中学。

这种事情或许是天赐的幸福,和我平素的交际:我们是驻在宪兵队,他们的队长是玉溪的毛本芳,我曾在玉溪青年改进会〔1〕和他遇过一次的,我们认识以后,另外的一个分队长张树义是陈经武的同乡和同学,赵江也知道他。后来柳恒藻、毛、张,我们时常在一处商量我们的出路。他们为我们奔走,为我们找事情,为我们找玉溪同乡冯庆元,什么都做妥了,在十二月二十六号脱离了新兵队。这不算开小差,因为什么都有他们疏通和负责的。他们在先已经找到三个录事的位置,我们一出来就到差服务,现在是在一三七团二营六连当一个一等录事。因为现在军事时期收束期间,把它改为文书上士,每月连伙食在内共有十六元,月月都可以照领的。在连部的师爷,什么起稿等等都要他做,事情很繁。所以在一月之末,连长不是和你抬伙食〔2〕,总要津贴一点,所以现在的生活比较好得多了。我在无事的时候,看看我带来的那一本文件辞典和作点小说文艺,或是到政治部研究各种主义。

---

〔1〕当时在昆明由有志于改革、追求进步的玉溪籍青年组织的同乡会。聂耳曾参加过该会。

〔2〕昆明话"增加伙食费"的意思。

三哥，你问我："你想做的文学家、艺术家就是如是的中止了吗？"没有，绝没有终止。你知道汪西林[1]的弟弟，他中学毕业后不去当兵，决没有《结局》的出版，也没有五百元沪币[2]的奖金可以入大学。我这个时期努力地发展我的文学天才，将来还是有希望的。听说不久我们要开到长沙，若果能够实现，我可以储蓄点旅费到上海去考妥当可靠的公费学校。连长和我的这些朋友都很赞成，假使没有妥实可靠的，也不可疏忽从事，依然慢慢处着，以后再图发展。还有一点希望就是若果能够开往长沙，那里的交通比较便利，我可以把我的小说寄到创造社[3]（上海）投稿。

你想入军界，我是绝对不赞成的。就大局方面论，现在军事时期收束，训政开始，军人没有干场的。再一方面我们的家庭是这样分裂，你入了军界岂不是由分裂而变为破裂吗？我实在不算入军界，我在前两信说过，不过是手段而已，借这机会图别

---

[1] 聂耳在昆明时的友人。
[2] 上海当时使用的货币。
[3] "五四"新文学运动中著名的文学团体，1921年由郭沫若等人发起，1929年被国民党反动政府查封。

的发展而已。现在殖行[1]的事大概没有希望，我和你想有两种办法：第一，就是继续研究商业的学科，更进一步研究英文的商业科学，一方面可以找相当的职业去做；第二，就是现在训政开始时期，各省都要办一个"全省自治训练所"。这是一个完全公费的学校，几月或年余毕业后，即可在地方工作。湘省已经办起了。

你可以研究一下各种主义，尤其是三民主义和新时代的书籍多找些看看，像这样的学校也很可以进得的。

十年没有见的二姐现在也算回到了故乡，这是多么幸福的一件事啊！到了故乡又不得团聚一处，又是多么的不幸，唉！什么事情天总不给人圆满的。不过不要紧的，以后团圆也是很容易的。只要二姐和新华安安吉吉地回到故乡，我是非常喜欢的，因为我们走动容易得多了。

我在广州的时候，听说李廷壁[2]也是在湖南，我一到下就到处访问，都没有这人，后来又听说是

---

[1]云南官商合办殖边银行的简称。聂耳的三哥后来进入该行任练习生。
[2]聂耳课余在昆明"英语学会"学习英文时的老师。

在河南,或许以后遇着也未定的。

我这次出来感觉到朋友之可贵,毛、柳、张、冯……本来是很淡的朋友,谁又知道他们能这样的援助呢?所以我仅将我入了社会的这一小点经验贡献给三哥:不论什么人都可以做朋友,不过取一种相当的态度去应付他,将来是有益不小的。

我的书籍请三哥好好保存,以后我或许要请你邮寄几本心爱的书给我。我在校时预备的一套绘具,什么颜料、画纸、画板、橡皮、画笔……通通都有的,无事时可以练习练习,调剂一下枯燥的生活。五线谱也可以学习一下,也是一桩有趣的事。张庾侯、邓象涟、郭耀辰(辉南)[1],和附小的教员都是我的好朋友,三哥可以随时找他们接谈接谈。我走的时候,我曾经告诉过象涟到家里找三哥坐坐,不知道他来了没有?我的零用钱没有哪一个供给我的,我从滇带来的三元法币,到了郴州就没有了。我没有什么嗜好,一天只消吃两顿饭也就够了,也用不着什么零钱,这请妈妈不必挂心,绝不

---

[1]张庾侯是省师附小音乐教员,邓象涟(共产党员)、郭耀辰(共青团员)是聂耳的同班同学。

要汇钱出来给我。

我要说的话还很多哩！下次再说吧！这封信完全是我感情的表现，眼泪的结晶，看后请三哥将它好好保存。

我和排、连长都很合法[1]，我随时抱着谦恭和平的态度，无有不好处[2]的。妈妈：请你家[3]少为我着急些，无事可以打麻将消遣消遣。二姐和三哥随时安慰安慰妈妈。

接信后请三哥详细地回我一信，免得挂念。敬祝母亲福体健康！亲友处、二哥二嫂处代为致意。

二姐　新华
三哥　长贵[4]　　生活快乐！

　　　　你的老儿子　守信跪禀
　　　　1929年1月21日于郴州

---

[1] 云南话"合得来"的意思。
[2] 云南话"好相处"的意思。
[3] 云南话中人称代词后常用的语气词，"家"常念为"接"。
[4] 聂耳的表弟彭长贵。

致三哥聂叙伦的信

亲爱的三哥：

　　来信早已收到，并且当时便写了回信，谁知这封回信你们并没有收到。

　　昨天有玉溪的杨运富来找我，他说起家中十分念我，为了很久没有接到我的信，并且怀疑我还住霞飞路没有。我听了非常奇怪，马上根究公司里替我送信的茶房，结果他承认他把我的信遗失了！这封信写得相当的长，很详细地报告了我的生活的转变,现在又要我重新说一遍。

头一件事,我知道你们最挂心的便是我的脑病的复发。告诉您,自从去年出医院后,从来没有头疼过一次,然而,所做的工作着实要比以前苦得多。你们放心好了!我相信以后再不会复发了,我现在的身体真不错哩!

我决定不到怒潮社〔1〕时,我便又开始了奋斗的生活,整天整夜地写东西、作曲子,这样可以混到几个生活费。但是像这样也不是常法,后来我又决心在作曲上努力,把两个比较得意的作品,送到百代公司灌片,我自己演唱,结果得到很大成功,百代公司的总经理便请我担任音乐部副主任。在和经理谈话的这一天,最使他满意的是我一口流利的英语。自五月起我便开始在百代工作了,每日工作六小时,每月得月薪六十元。

此后,在生活上自然可以宽裕一点,但因地位关系,朋友的应酬真不得了,每月平均要接五

---

〔1〕聂耳失业后,应友人的邀请准备去南昌的"怒潮剧社"乐队工作。地下党组织在聂耳动身的前夜,及时告诉他"怒潮剧社"管弦乐队是蒋介石为指挥对苏区中央红军的第五次军事"围剿"而设立的南昌行营政训处的下属机构,聂耳于是马上就决定不去了。

张请帖。

因为不愿荒废学业，我还是继续学提琴和俄文，所以每天从早晨六时起至夜十二时不会有一刻空的，比从前忙多了！我的课程表大概是这样的：

6—8时　练琴

8—9时　早饭及预备到公司

9—12时　办公时间

12—2时　中饭

2—5时　办公时间

5—7时　晚饭

7—12时　读俄文或做影片配音工作，有时也要做通宵

最近"联华"影片《渔光曲》便是我负总责配音，公映后得不少好评，都说这是中国第一部最完美的配音片。

我组织了一个"森森"国乐队[1]，完全用中国乐器奏中国曲子，加上科学的组织与和声，成为一种中国音乐的新的形式。在沪上表演过几次，曾经

---

[1]聂耳领导的百代国乐队的别名，组建于1934年春天，由聂耳亲任指挥。

轰动一时。

还有一件值得注意的事：我编了一个歌剧，名《扬子江暴风雨》（舞台剧），全部歌曲都是我作的，由我导演，我主演。六月三十日、七月一日在青年会上演，简直得到观众热烈的同情，各报纷纷地评论，没有不说好的，这给我鼓起不小勇气。我想中国的新歌剧运动从此开始了，今后的责任，多半是在我的头上。

呵！时间不早，话似乎还没有说完，下次再谈吧。过几天或者会寄一些报纸给你们，你们可以看出我在上海的一切行动。

托范绍文[1]转告了许多话，不知收到没有？

通信处仍是霞飞路一五一八号。附照片八张。

敬叩

母亲福安及阖家问好！

您的四弟[2]

---

[1] 聂耳在昆明时的友人。时任昆明"逸乐电影院"秘书。
[2] 原信无日期、无信封，推测写于1934年7月。

致友人张庚侯的信

我的老伴当张二哥:

要说的话太多了!为了怕你的飞剑来斩,不能不在短促的时间内说完这许多年来要说而没说出的话,听我细细地道来。

在我过去的生活中,证明了我是一个什么样的人,这不用我多说,你当然是知道的,正如嘤[1]所

---

[1] 袁春晖的小名叫鹂嘤。

了解我的一样。像我这种人,不知今天在世或明天离世,也许不等这信写完我便不翼而飞!你知道,尤其是在现在这种情形下,我们这一路人,更是何等危险!

所以,我在这样一个原则下决定了我的生活路线,我没有将一分一秒的时间花于无聊,我除了做应做的工作以外,什么都置之度外,这你可以在许多社会对我的批评中看得出的,有的也在我的作品中可以表示得出的。

关于嘤的问题(根本不是一个问题,不过你是这样说的),我很愿意诚恳地、坦白地来发表一些意见:1.我觉得嘤是最了解我的一个了。她知道,我们过去的恋爱完全是建筑在思想上面的,我们虽然离开四五年了,虽然断绝音信一两年了,但是,假若我们的思想仍是一致的,相互间个性的了解仍是如从前一样的,当然,我们还有继续恋爱下去的可能。2.在从前,她和我却有着同一个恋爱观,至于你要鼓吹订婚或结婚,我想还不是急于要解决的事,是不是你也希望我很快地去做"子女的忠实牛马"？3.谈瑛[1]和我并没有订婚，也没有结婚，至于报上的造谣，在后面详告。

关于二姐的问题，我是绝对地赞成她伴十妹[2]一块出来，预备出来饿饭好了，况且并不至于饿饭的！一个人在没有办法的时候一定会有办法的。只要有她的弟弟在人世一天，他始终是要帮助她的。

十妹这聪明的孩子应该到外面来进学校，尤其是在闹婚姻纠纷的时候，更应该脱离这恶劣的环境，出来吧！你们都出来吧！我快高兴死了！

你说了许多要我回滇的理由，我看了大为感动，你描写得太生动了！然而，在目前事实上看来，怎么走得了呢？我想来想去，只有一个法子可以走得了，但要靠很多人的帮忙：怎么样可以使云南政府送我到欧洲留学（当然是学音乐）。那么，我可以回来领旅费，顺便带二姐和十妹、坤妹一块出来，岂不好吗？这问题说起来又简单又复杂。简单的是：1.我是高师毕业生，曾在社会上服务了五

---

[1]上海联华影业公司与电通影片公司女演员。
[2]聂家租住的昆明端仕街44号房东的女儿杨惠珍。

年,对中国的文化运动做了不少事业,努力改革中国的新音乐运动,尤其对于云南的音乐做了很多介绍的工作,这资格还相当的硬。2.云南人专学音乐而能演奏及作曲者恐怕只算我一个,为什么云南政府不给公费培植这样一个专门家去深造一下?3.欧洲的音乐家、作曲家在中国的,有的是我的先生,有的是我的朋友,有的是我的同事,他们都称赞我是一个有大希望的音乐人才,都鼓励我到欧洲去,但是我苦在没有钱!4.法租界工部局主办的交响乐队,在大音乐家Maestro Sloutsky领导下,我是经常的小提琴手,这里连我只有两个中国人(全队50人)。5.我现在仍继续从意大利名提琴教授Podushka[1]学习提琴,从国立音专钢琴系、作曲系教授Aksakov学习钢琴及作曲。

复杂的是:1.我从前是为什么离开云南的?不知现在他们对我的印象如何?2.在政府方面没有人力,你再有飞天的本事都是等于零。

以上所说,望你特别注意一下,和几个朋友

---

[1]普杜什卡,是上海工部局乐队首席中提琴师。聂耳1931年冬起跟他学习小提琴。

讨论讨论，看有没有这种可能，也许太理想了，都请你详细答我！我希望能很快实现，以备早日动身。

在你离开上海的时候，记得是谈瑛搬到我们二层楼后的三四天吧！你走了不久，《影戏生活》（小报之一）有新闻一则说道：谈瑛乔迁霞飞路一五一八号，后面有一小批——"据说聂耳也住此处"，并无下文。后来朋友一看见就问："你同谈瑛在一起了？恭喜！恭喜！"虽然我知道他们是和我开玩笑，他们明知道我住三楼，但是我总是怪生气的，我吓得赶快找房子搬家。后来公司晓得这种情形，为了要辟谣，于是公司当局以《良宵》要开拍为理由要谈瑛搬到三厂去，以利工作，她当然服从公司命令搬走了，在这里不过住了二十七天，以后谣言也就没有了。

今年夏天，郑伯奇[1]的孩子满周岁，在青年会九楼请吃大菜，文学界和新闻界的居多数。在大家喝酒差不多的时候，任光[2]立起演说："你们不

---

[1]中国左翼作家联盟的发起人和执行委员。
[2]中国左翼戏剧家联盟音乐小组的成员，当时是英商百代唱片公司的音乐部主任。

要以为今晚程步高[1]不来,以为又是和谈瑛白相去:你们知道谈瑛不爱程步高的,他爱的人今晚坐在这儿的。昨天下午一时三十五分谈瑛到我家里,她说请我介绍她爱人,马上要订婚的。她并且指定出某人,这人便是四只耳朵!""哈……"大家哄堂大笑了!第二天,大小报上都原本登出,我气得同任光吵架。你知道,他造这谣言的目的是想把任光和谈瑛的名字摆在一块来气程步高的,因为他恨程步高,他是追求谈瑛的。但是,事实上程步高和谈瑛已有一二年的恋爱关系,最近快要请客吃喜酒了。夜太深了!再谈!

信弟上
1934年11月24日

---

〔1〕上海明星影片公司的著名导演。

冼星海：中国人民的斗争是我的第二所音乐学院

冼星海（1905—1945），广东番禺人，中国近现代著名作曲家、钢琴家，有"人民音乐家"之称。冼星海曾在北京大学音乐传习所、上海国立音乐院学习音乐，后去巴黎勤工俭学，进入巴黎音乐学院高级作曲班学习，回国后积极参加抗日救亡运动，奔赴延安担任鲁迅艺术学院音乐系主任，创作了两百多首大众歌曲、四部大合唱、两部歌剧（其中一部未完成)、两部交响乐等，为中国抗战事业做出了重大贡献。他的作品《黄河大合唱》不仅在抗战时期广为传唱，也成为中国民族音乐的经典之作。

　　冼星海在法国系统学习了欧洲音乐文化知识和作曲技法，当他于1935年重返国门之后，他开始为同胞们日益高涨的爱国激情所感染，为仍被压在生活最底层的大众的痛苦呻吟而忧伤，他也从人们为着追求新生活而进行不懈斗争的革命精神里受到启示和鼓舞……冼星海的信件展示了在民族存亡、国家危难之际一位音乐家的赤子之心，他是中国新音乐运动的开拓者，以光辉壮丽的音乐创作为中国抗战提供了精神力量。在写给母亲的信中，背井离乡不变的是血浓于水的亲情；在写给妻子的信中，长途跋涉中怀揣着对妻子女儿的惦念；而在写给战士的信中，点燃的是患难与共、忠勇无畏的革命情怀。值得一提的是，在他重病期间写给苏联作曲家的信中，我们可以看到，冼星海对艺术始终保持着一颗敏而好学、精益求精的虔敬向学之心。1940年，冼星海被秘密派往苏联,完成纪录片《延安与八路军》的配乐工作。然而,战乱等原因导致他从此四处辗转流浪,再也无法归国,1945年因血癌病逝于莫斯科。

致母亲的信

妈妈：

　　上海"八一三"的炮声使整个中华民族有血气的民众觉悟了、团结了！从此以后，国土四周围都布满着敌人的火焰，每个中国人都免不掉危险。六年前的三千万流民的印象当我还没有忘记的时候，如今又遭遇到更大的浩劫、更残忍的屠杀了。在这关头，我们每一个中华民族的国民再没有第二句话，"只有保卫国土来参加这伟大而神圣的战争!"我们并不赞颂战争,可是没有战争或许就不能发现人类的真理;没有战争就失掉自由和博爱的存在!

亲爱的妈妈,我是在上海开火后五天离开那素称安逸的上海的,沿一条弯曲的苏州河向前进。一路上也都是四处炮声,头上也都是敌机盘旋。同行十四人一样地不顾一切向前,为着踏上一条大路,竟没有顾到目前所坐的是一只拖粪小船的臭味和肚里的饥饿。但,妈妈,你得明白我们并不是逃难,我们十四个都是救亡的勇士。虽然还没有实现我们预期的愿望,可是我们每一个人都明了自己对国家应负的责任。从出发到今天已经是整整四个多月了,一百多天的旅程,一百多天的过去,国土又不知沦陷多少,同胞又不知被屠杀多少!但我们并不悲观,也许我们失去了的土地会被炸成一片焦土,但到最后胜利在我们手里的时候,我们还可以收复已失的土地,更可以重建一切新的建筑、新的社会。伟大的先驱告诉我们:"没有破坏便没有建设。"只有赶走了敌人才是我们唯一的出路!

现在我已到武汉了,并且不久又快去重庆。在这无一定所的飘零生活里,虽然也为着国家做救亡工作，但遇到像今天晚上的漫漫的黑夜，那凄凉冰冷的四周，我好像耳边有无数的失去了儿子的母亲和失去了母亲的儿子在哀诉。那不能告诉人的潜伏般的音乐，很沉重地打动我，使我不能不又想起了我唯一的你——妈妈。我想在每一个母亲想念着她自己的儿子出发为国宣劳的时候，或许会更恳切些吧！是的，或许会更恳切的！因此，我半夜没有酣睡。但想念着国家的前途和自己应负的责任，我又好像不得不要暂时忘记你了，忘记一切留恋。但我并不是忘记了你伟大的慈爱和过去五十多年的虔养和飘零生活，我更不是忍心地来抛弃你走去千百万里的长程。可是我明了我自己的责任，明了中华民族谋自由、独立解放的急切。我是一个音乐工作者，我愿意担起音乐在抗战中伟大的任务，希望用洪亮的歌声震动那被压迫的民族，慰藉那负伤的英勇战士，团结起那一切苦难的人。但，妈妈，我常感到自己能力的薄弱和自己实际生活的缺乏，虽然有时站立在整千整万的民众面前，领导着他们高歌，但有时我总有战栗，因为我往往不能克制自己的情绪又想念到遥远的妈妈了！可是当我每到一个地方的时候都被那民众歌咏的情感所征服，令我不特忘记了自己，忘记了你，而且又更加紧我的工作。和他们更接近，更使我感觉自己的情绪已移向民众了。我不时在妈妈面前说过，我不是一个自私自利、自高自大的音乐家，我要做个生在社会当中的一个救亡伙伴，而且永远地要从社会的底层学习。过去二十多年的流浪生活，就指示了我一个现实生活的经验是超越了学校的功课的。我常常感到民众的力量最伟大，民众对音乐的需要，尤其在战时，那使我不能不忍痛地离开你而站立在民众当中。他们热烈地爱着我，而我也热烈地爱护他们。

自我离开上海后，妈妈必定感到很寂寞，为的并没有亲近的人在你身旁，连可靠的亲友也逃避到香港了。但我很希望妈妈放心，这次抗战是必定得到胜利的，只要能长期抵抗下去。但在英勇的抗战当中，我们得要忍耐，把最伟大的爱来贡献国家，把最宝贵的时光和精神都要化在民族的斗争里，然后国家才能战胜。所以在争取民族解放的国家当中，我们更需要伟大的母性的爱来培植许许多多的爱国男儿——上前线去，或在后方担任工作。这样才能够发展到每个人对国家的爱最急切。妈妈！我更有一件事情可以安慰你的，就是现在我已开始写

《中国兵》了。这作品是继《民族交响乐》之后的，是纯用音乐来描写中国士兵抗战的英勇，保卫国土的决心。那伟大士兵的抗战精神，已打动每一个父母的心。在《中国兵》作品当中，我们可以听到每一个不怕死的士兵在向前冲。每一个做妈妈的都能够忍痛地抛弃私爱，来贡献她们唯一的儿子出征。《中国兵》的写作就是根据爱的立场，偏重爱民族的伟大任务。我也曾和伤兵们谈话，我也听过很多士兵冲锋和游击军的故事。可是我还得亲历其境，并且要参加作战，才能更明了中国兵的伟大。我除写作之外，我还想走遍各后方，做救亡歌咏宣传运动。

在武汉七天后，我们预备去重庆各处担任后方宣传工作。我想在这远程的旅途中，我可以受很多社会的启示，得许多作曲的材料。我虽然常时地要想起妈妈，但理智会阻止我，而且我自己知道在这动乱的大时代里，没有一个被侵略的人民不是存着至死不屈的精神。如果将来中国打胜仗以后，那一切的母亲们和儿子们都能有团叙的一天。国家如果被敌人亡了的话，即使侥幸保存性命，但在贪生怕死的生活和不纯洁的灵魂的痛苦中，比一切肉体的痛苦更甚。为着中华民族的生存，我希望一切的母亲们和儿子们都勇敢地向前。中华民族解放的胜利，就是要每一个国民贡献他们的纯洁的爱给国家，同心合力在民族斗争里产生一个新中国。

别了，亲爱的妈妈！祖国的孩子们正在争取不愿做没有祖国的孩子的耻辱，让那青春的战斗的力量支持那有数千年文化的祖国。我们在祖国养育之下正如在母胎哺养恩赐一样，为着要生存，我们就得一齐努力，去保卫那比自己母亲更伟大的祖国。

妈妈看了这封信以后，我想，在您的皱纹的脸上也许会漾出一丝安慰的微笑吧。

再见了，孩子在征途中永远祝福着您！

星海

1937年12月21日

致前哨将士书

忠勇的前哨将士们：

当这第三期的抗战中，我们更感到你们的忠勇，你们已经表示给我们，你们已经胜利！你们已经告诉我，唯有斗争才有胜利！我们听到你们的捷报，家家户户都感动。他们还唱着你们的抗战歌曲。

我们虽然在后方，但我们和你们一样是有父、母、妻子、儿女的人，一样是爱国的。我们恨不能立刻有机会去前线，跟敌人拼命。虽然这样，我们不敢辜负了你们的努力，我们应该把我们的能力拿出来！比方我们是专长于音乐的，我们就用音乐来报效国命，使抗战歌声传遍战地和都市农村。我们还可以用音乐来描写抗战，来发扬民族情绪，更可以把你们忠勇的抗战史实播送到世界各国，使他们听闻了音乐就明了你们，同情你们，给你们一个共鸣！我愿意和你们通信和结成很好的朋友。假使音乐能够在你们忠勇的将士们中间发生效果，那就是我们一群音乐工作者的微小贡献。我们用音乐、用歌咏去替你们战斗！去替你们宣传！去替你们慰藉！你们不会打败的，因为你们可以听闻祖国的雄亮的歌声，为正义而斗争的歌声！

愿我们尽情地唱吧，胜利就在明天！

冼星海

1938年9月9日

致钱韵玲的信

亲爱的玲:

十月十二日晚,董老等已抵西安,晚上我见了薄平、李克,谈了许多关于你和妮娜的事,我感到非常安慰。董老把你的信交给我了,还有一个手表,他告诉我更多的消息,我是很欣喜的。昨天晚上茅盾及他的夫人一同来找我,把军服、信都交给我了。现在一一回复你。《滏阳河》《通俗歌曲集》和你抄的"小调",董老交来的两本五线谱都收到了,勿念。

这次来了许多信，使我感到很兴奋，除了我和萧三谈了一两小时外，我兴奋得一夜不能睡觉。本来萧三是同我一处住的，他的夫人和孩子都到了，他就搬开住一间小房间。他的孩子两岁零三个月，健康得很，美得很！

你寄我的信都收到了，托董老带来的信里面，发现你、母亲、老师的相片。但除了在托茅盾带来的信里面有底片两张及妮娜十个月差八天的个人相片之外，已晒好的你和妮娜的单独相片还没有收到！恐怕还在吴处长处，因他不来西安；因此你写了由他带给我，就弄成这样，也不定。但我们先打听一下再去问他，不然他们会怪我们因为一点小事而麻烦他们。

我身体很好，千万不要挂念，从明天起我就动身，到目的地后我可使你知道，你千万不要挂念为盼，我会好好保重自己身体的。

关于妈妈病的事情，我很忧心，我们在怎样困难环境之下都要使她老人家减轻痛苦为是。因此我这次要写信给王明同志，感谢中共中央的帮助，我还写信给周扬同志。你以后尽可能时常写信给她，她不比别人的母亲，她已忍受了几十年的痛苦，是历尽人生最残酷生活的一位老人。将来我会告诉你关于她的详细历史，没有她的爱护，我也没有今日。她是伟大的，母性的伟大处她都具有。

你这次写来的信，字迹不清楚，花了很长的时间才看完，以后不要把信纸用两面写。文字已进步了，但偶然还有一两个别字。如"趁着这个机会"，你写"称着这个机会"；"经过"，你写"轻过"……有时我猜了半天才猜得着。在这一点上，你可以多看点文学书，可以帮助你的。

阿黄和远铎处，我想今天写信给他们。前几个月重庆炸得厉害，现在重庆整日整夜大雾，防空比较安全些，你可不必挂念。他们很聪明，他们会爱惜身体的。我很赞同他们到延安学习，军服给他还是不给他好呢？我是决定给他的，不管他来不来，我托董老带交给他。《指挥法》六千字未免太少，但可在新音乐丛书出版，版税不要，整个卖给他们好了，一首五十元稿费，单行本出版。我希望出版后音乐系同学每人都有一本。

我到那边后可以把牙齿、眼睛医好，我还要验查全身，我回来时必定很健康，你不必挂念。我时常认为人的康健很要紧，没有康健的身体也会影响到事业的。

"小字典"我已马上替你买了，小钢琴我设法去买，我经济不佳，不然我可以多买点东西给你和妮娜。以前我买饼干和糖都是省下来的钱，或向人家借的。

关于妮娜不舒服的事，我颇担心。你可多拿冷开水和水果给她吃，使她每天通大便。你的牙痛要去找医生看，不要延迟下去，小病会积成大病，你不要看轻它呀！如果牙齿有洞可以补金，不要省钱，身体要紧。

党费事我照组织规定交去就是，听说今年或明年将不发津贴，连衣服都不发，你千万要节约，同时可随时告诉我你所要的东西。我必定寄来给你，使你在后方不感到寂寞和生活上的孤单！我想延安可以锻炼你成为一个武装了头脑和武装了身体的新女性！

你既有决心学习和加强理论，这是我非常欣喜的。我预祝你的成功。我相信你一定能做到的，因为你是一位本质非常诚实和热情的人。袁先生请你替我问候她。

（以上复你第一二封信）

刚接到中共中央来电说已通知新疆政府,我们两人去作公开的参观,已得了那边的回电允许。我们此行是公开的,以前因环境不好,现在这样的情形恐怕是可以走得通的。因此明天不一定会走,但是可以很快走的。

妮娜的一切我都很喜欢听,你可时常多告诉我,我尽力多买一点东西给她玩,我一定使她成为一个爱好艺术的人。你要答应我,不许任何人去吻她的嘴(除你我以外)。因延安有许多人患有肺病及其他不幸的病,小孩子很容易传染。孟庆树同志很能看护明明,她不大喜欢人抚摸明明的。我们不要十分娇惯自己孩子,但是保护她的健康是最重要的。你很好,我每次都发现你对孩子的关切和爱护,觉得你真是一位伟大的母亲。

你抄给我的小调(两本)和《我的家在黑龙江》,等等,使我感到你为我牺牲了许多时间,而且还能够完成我要的东西,我很欢喜而同时又很感谢你。你的确使我得了你许多的帮助,我一定要把它完成。明年我想开一个"东北失陷十周年音乐大会",酬得一点钱给游击队买军火和医药,我希望你更多多安慰我,我需要你安慰,比谁都更亲切。

你写的歌曲很好，我替你改了。以后可多写，词可以向刘炽、塞克要，尽量收集是必要的。我到目的地后，会买一点儿童歌曲集给你，也买一点图画纸给你。

最近写的歌曲，都不是救亡的，全是民族形式的东西，钢琴曲和管弦乐曲很多，我想出版后寄你。有几个曲是写明赠给你的，像过去我写那三首抒情曲一样。我在这一两年来都想创作较大的管弦乐曲，巩固新音乐的基础。小的歌恐怕要音工团担负起来。《滏阳河》歌剧的歌词为什么不寄来？如果塞克要改的话，我不能现在就为他谱曲，必定要他改定后我才能动手，以免日后又费时间重写。我的时间是相当宝贵的。我在那边或许再写一个有永久价值的音乐作品（歌剧）也没定。我不特有创造新音乐的野心，新歌剧也是我需要创造的。

我赞成你去"女大"，不管周院长[1]怎样留你。这次你不去学习，是失去了很好的机会！

生活书店信已写好寄上，关于史凌我会写信向

---

[1]指周扬，时为延安鲁迅艺术学院副院长。该院成立于1938年，1940年更名为"鲁迅艺术文学院"，简称"鲁艺"。

他要稿费，他之所以不寄钱或写信来，就怕他以为我要去重庆可以见着他的。你可以同时写信要他寄钱，你说是我告诉你的。《反攻》歌集我在西安办事处看见了，还好，不过里面有一首《战地服务团团歌》是孙慎写的，一定是他们弄错了！把《钱亦石先生挽歌》摆错，或反过面来。

丽莲去那边的事，能否成事实还是一问题。妮娜经她带去，对妮娜是好的。因此我希望你能有一天往那边去，同妮娜一齐去。如果我一年半不回来的话，你就可以这样做，但我要绝对服从组织，我没有个人主义的存在。钟胖子去延安的时候我来不及托他带信，我一共交了四封信给郭靖同志交给你，小字典及这次写的信我要交一个更熟的人带交你，已交了萧三，你不会嫌太迟吗？

我因不知道盛家伦的重庆地址，你可代我向他要底片，他是一个很奇怪的人，他常常是这样的，有点对不住朋友，有点莫明其妙。以后他们（彭加伦、孟庆树等）给你送钱的时候，不要接受，万不得已时才这样做，我们要锻炼自己自立的精神，刻苦、耐劳的精神，使我们无论在任何艰苦环境都是可以愉快的、意志非常坚强的。我更要努力写东西来使你生活改善,以后他们送钱你不必要,送东西是可以的。我们还要考虑到领了人的东西是要报答他们的。待人接物在社会上是相当重要的,也是一种礼貌!

(以上回你托茅盾带来的信)

(以下是十六日早写的)

我昨天晚上想想,妮娜假如给莲带去,真的会使你寂寞起来。我相信你不会让她带去,而且恐怕妈妈也不肯。但如果你能和莲一块去,那么妮娜就可以一同带去,但这事情相当难。因我暂时还是不敢说逗留那里多少时候,如果等了一年半不回来,你可设法要求。但你必须有很大的进步才敢要求,我真希望你能来,你可先与凌莎同志商议。

我大概在后天或大后天就走,这次是公开到新疆参观和考察的。沿途不致有什么问题,因为有把握的,你将来就知道了,但你仍然不必对任何人说。沿途费用都很够,你要买的小钢琴,我昨天托人去买,买不到,今天我又设法去买。你寄来两张底片,妮娜个人的可晒,我晒了三张,寄一张回去,你抱着妮娜那张不能晒,因为怕特务注意我们,尤其你的照片,怕将来影响你工作。以前我们失策了,为什么要老傅替我们拍照,现在他拿去做材料了。

这两天我写了很多信。你见到焕之、世雄、律成等叫他们写信给我,现在我没有工夫再写给他们了。"鲁艺"教员除吕骥、周扬写给我,其他都没有,我已复他们了。我想到新疆后买一点玩具及应用品给你和妮娜,你喜欢吗?

一九四〇年十月十六日

致格里艾尔的信

尊敬的苏联作曲家P.M.格里艾尔：

在重病中接到您的来信，它给我带来这样大的欢乐和希望，使我几乎忘记自己已卧病近五个月了。

读了来自像您这样一位伟大和天才的苏联作曲家的信，我感到非常自豪。在我童年学习音乐的时候就知道您的音乐，并被它所感动。后来我进一步了解您的作品，知道您爱好东方民族的音乐，并曾给那里的作曲家们以无可估量的帮助。凡是我到的地方，都能听到您的音乐，看到您的相片。我曾得到您为布列亚特蒙古自治共和国写的交响诗《英雄进行曲》的总谱，也熟悉您的舞剧《红罂粟花》和为中国民歌配置的和声。

我为建立中国的新音乐奋斗了多年，这种音乐必须真实地表现人民的心灵，具有新的形式、新的和声。我是一个很不幸的作曲家，我的不幸在于，至今还没有在欧洲大城市的交响音乐会中听到自己作品的演奏。我想把自己的作品交去出版，但至今还是一个幻想。例如我的《第一交响乐》从开始创作到现在，已经过去十年了，但始终没有公演过，其余的作品写成有三五年了，也是同样的情况。您可以想象到，我在精神上是多么痛苦啊！

保罗·杜卡是我心爱的老师和朋友，他对我就像亲生的父亲一般，但他已在1935年去世了。从那时起我竭力想再找一位老师，但我在中国，这一愿望无法实现。中国人民的斗争教育了我，使我懂得许多事情，这也就是我的第二所音乐学院。总的说来，我随时随地都用心学周围的音乐，而苏联音乐给我的影响尤其强烈。

期望您能给我的《第一交响乐"民族解放"》多多指导和帮助。这是中国音乐史上较早出现的交响乐之一(总谱在别雷依同志处)。它是我在民族灾难深重的年代,在颠沛流离的动荡生活中,又在缺乏乐器的条件下写成的。其余作品您如愿意看,随时可以送上,随信附上作品目录一份。

我不知疲倦地创作,但是至今没有听到自己作品的音响,真是非常遗憾。我在病中完成了《中国狂想曲》和六十首中国歌曲,在此期间创作欲望一直没有丧失。

我衷心期望做您的学生,期望您成为我的老师和朋友,并指导我的创作。

尊敬您的黄训[1]
一九四五年十月二日

---

[1] 冼星海曾用名。

马思聪：音乐是艺术中之最神秘者

马思聪（1912—1987），广东海丰人，中国第一代小提琴音乐作曲家与演奏家，在中国近现代音乐史上占有重要地位。马思聪是中央音乐学院首任院长，并曾兼任中国音乐家协会副主席。主要代表作有：小提琴曲《内蒙组曲》《西藏音诗》，交响音乐《山林之歌》《第二交响曲》，大合唱《祖国》《春天》，舞剧《晚霞》等。《内蒙组曲》是马思聪的成名作，其中的《思乡曲》和《塞外舞曲》已成为饮誉中外的中国小提琴曲代表作。

马思聪是音乐家，徐迟是文学家，二人的友谊是中国文化界的一段佳话。马思聪致徐迟的信谈到了音乐与情感的问题。在西方音乐的发展中，尤其在浪漫主义时期，对于纯音乐到底是情感还是形式的问题有过激烈的讨论。情感主义的代表叔本华认为，音乐是意志自身的写照，不是表示个别的、一定的欢乐，或痛苦、抑郁、高兴，而是情感本身。形式主义的代表汉斯立克则认为，音乐是乐音的运动形式，声音本身没有情感，音乐能不能唤起情感，是生理学、病理学问题。在两派的讨论中，标题音乐、交响诗的诞生是一个重要节点，它既牵扯情感，又涉及形式。马思聪早年在法国留学之际先后就读于南锡音乐学院、巴黎音乐学院，系统地学习了西方音乐，对其变革有深入的了解，而标题音乐也诞生于法国（柏辽兹的《幻想交响曲》就是开山之作），故他在向徐迟的讲述中就融合了自己的见解。

致徐迟的信

徐迟先生：

　　托尔斯泰的《艺术论》是一本过激、充满矛盾的书，不要过分相信它。……说起来，音乐实在是艺术当中之最神秘者，要好好地去解释音乐。

　　我得先说明，音乐是和其他艺术一样的发生感情的效果。它与现实只有间接关系，它只能唤起现实的联想，它直接唤起某种情感，它并不告诉唤起某种情感的"因"，它是"果"的艺术不是"因"

的艺术。它悲哀并不为了丧母，它愤怒却未受人欺侮，它快乐而无"朋自远方来"。但它的悲哀、愤怒、快乐可能为了丧母，受人欺侮或"有朋自远方来"，因为无论感情的冲动的来由怎样，效果总是一样的。音乐只唤起效果，来由是不管了的。然而人的思想的轨道惯于追索某种"果"的"因"。既然音乐令人产生了感情冲动的效果，因而联想到引起感情冲动的效果之来由，有的时候是无意识的探求。于是各人凭着自己的经验、自己的生活，回忆地起了联想，有的时候却是有意识去发生联想作用，所以一首乐曲的解说是因人而异，而且无可能是相同的。

以上是属于纯粹音乐的界说。

既然音乐总是唤起联想的作用，于是好些作曲家就想，不如把联想确定了，于是标题音乐产生了。兼之作曲家自身在创作的时候也常不由自主地起了联想作用，标题音乐的产生更是非常自然的结果。

可是把标题音乐的标题省略了，所剩的仍然是纯粹音乐，仍然唤着每个人各种不同的联想，有的时候竟是比作曲者的标题更为高明的联想，这种情形是很普遍的。我在听着柴可夫斯基的《第五交响乐》时有过这样的经验。有时候作曲者的文学的幻想力，比较音乐本身的幻想力强时，就发生反的作用。李斯特的许多标题音乐曲是很好的例子。

贝多芬是最明白音乐能力的人，他作的《田园交响乐》上写着："表现感情多于画描（More an Expression of Feeling than Painting）。"他借此避免了堕入李斯特与斐辽士〔1〕等之错误。

我觉得纯粹音乐胜于标题音乐，其原因在于纯粹音乐能永远令人发生常新的联想。

现在试把几种音乐的形式简单说明一下：

纯粹音乐：交响乐、室内乐、协奏曲等一切器乐音乐。

音乐加形象：舞蹈。

音乐加形象再加文字：歌剧。

随着人们嗜好不同，高兴纯粹的音乐则把歌剧排在末位，因为那是音乐与形象与文字的一个杂种子。有人觉得唯其杂种，所以表现力更强，他们则把纯粹音乐列在末位。在我觉得这三种音乐的不同

---

〔1〕即柏辽兹，法国标题音乐作曲家。

形态，是各有其存在的理由，而且作曲家最好能对于三者都把握着高深的技巧。

纯粹音乐应是最高的表现。但舞蹈中的芭蕾舞也是被人视为极完美的艺术形式。歌剧虽是杂种中之最杂的，但我希望将来能够尝试一下，因为它的极端的现实性——文字加上音乐还加上形象，那是华格纳[1]所谓三种艺术——文学、图画、音乐形成一体，最能接近大众。在音乐史上，歌剧是尽了最大的诱惑，去把群众领入音乐的圈子的一种乐式。

关于世界性，上次谈了一下，现在再来给世界性、国民性、个性等的范围和关系，单纯地说一说。

有个性不一定有国民性或世界性，但最高超的个性可能三者都有。

有国民性的不一定有个性或世界性，但最高超的可能三者都具有。

有世界性的不一定有国民性，但可能有国民性，有世界性的必有个性。

……

---

[1]即瓦格纳。

作为诗人和美学探求者的你,斯宾诺莎的《伦理学》可能帮助你去解剖情感,因而更能了解音乐的作用。关于新音乐是怎么一回事,得专书给你讨论,因为其中大部分是技巧问题。

思聪
1942年5月26日于桂林

梅纽因：伟大的音乐演奏是无法竞赛的

耶胡迪·梅纽因（1916—1999），出生于纽约，美国小提琴家，曾经担任伦敦皇家爱乐乐团副指挥、英国管弦乐团荣誉指挥、华沙交响乐团首席客座指挥、匈牙利爱乐乐团首席指挥。他的演奏具有极其精湛的技巧、独特的气质和动人的魅力。二战期间，梅纽因奔走于世界各地，为纳粹集中营的幸存者演奏，为盟军和红十字会演出五百多场。梅纽因对人类和平和进步事业做出了贡献。

在美国的舞台上，小提琴家，大多数是德国人，任何一位演奏家想要获得世界的认可，就避免不了和他们较量。梅纽因是一位朴实无华的小提琴家，他从不炫耀琴技、张扬个性，而是在音乐的精神层面探索，以纯粹的声音诠释艺术之美。《纽约时报》曾评论道："梅纽因的技巧不仅辉煌，而且经过了很好的锤炼。那不是一种窍门，而是受着敏锐的感觉和趣味所控制，同时又非常牢固地建立起来的技巧。说他对贝多芬协奏曲的演奏有着成熟的音乐概念似乎是可笑的，但是这的确是事实。"梅纽因凭借着艺术的直觉，在下面这封致周巍峙的信中谈到，"伟大的音乐演奏是无法竞赛的"。这对中国音乐教育而言，无疑是一种善意的提醒。当学琴的孩童在技术的训练中获得成绩时，需要让他们知道如何领悟艺术的真谛才是更为重要的问题。

致周巍峙的信

亲爱的副部长：

我向您、文化部和中国人民对我和我妻子热情而诚挚的欢迎表示感谢。

我可以同您谈谈我对××音乐学院（按，指某地方音乐学院）的印象吗？你知道，我对北京音乐学院的高质量的教学与演出，以及对在上海音乐学院学习的音乐家们的演奏，留有深刻的印象。由于在北京的那些杰出的教师们把我当作他们的同事，由于我对于他们,以及对中国称为"西方音乐"的音乐发展感到的真正责任,正是这种责任感和我的良心,促使我想同您谈谈我对××音乐学院的感觉和想法。

那里的师生热情地欢迎了我。如果我没有记错的话,我听了五个学生的演奏。如同过去在中国的情形一样,师生们的勤奋、毅力和决心给我留下了深刻的印象。他们并不缺乏刻苦精神,不缺乏雄心壮志,也不缺乏学习的强烈愿望。这些精神在中国似乎到处可见,但我感觉可能存在着某种危险性,即:错误地强调培养超众的个人尖子而忽视集体音乐才能,忽视三人、四人的小组演奏,直至大约十五人的室内管弦乐队演奏的联合努力。

危险在于过分努力和过分快速地想培养国际音乐尖子,培养"出类拔萃的英雄",指望这些尖子像在世界运动会上那样,力克群雄,为中国在比赛中取得世界成就。

就这一方面而言,伟大的音乐演奏是无法竞赛的。它是独特的、个别的,是无法用距离、速度、力量或重量等概念来衡量的。它完全在统计数字领域之外,谈不到奥林匹克冠军。危险在于在那些遍布中国省级城市的音乐学院中,你们不仅教授传统音乐,还决心在培养未来的中国的"超级明星"方面收到效果,而这正在把学生们引入歧途。这也同中国的精神相违背。我深信,在人民大众中普及文化,普及包括西方文化在内的任何文化,自然会产生出小提琴艺术的伟大代表人物。只要你提供广泛的基础,终将开花结果。

同时,企图超越时间的强制措施也是违背伟大的中国传统的。勤奋固然重要,但从某种意义上说,企图超越时间,就是在融合、增长和成熟这一过程中弄虚作假。尤其是在艺术领域里,故意培植这样一种方法,即一种不是创造性的、不是艺术性的和不是真正忠实于我们正在解释和理解的文化的方法,也是同当今中国的精神背道而驰的。

今年初,在朴次茅斯举办的我的弦乐四重奏比赛中,我听到你们首次参加国际比赛的四重奏组的演奏,我感到非常惊奇。他们只准备了两年,而在维也纳和其他欧洲城市里,那些人已演奏了几百年了。他们的演奏令人惊叹,几乎夺得最好的奖励。

我想,他们下次一定会得到最好的奖励,因为他们受到如此良好的教育,演奏四重奏并学会了新作品，而这些新作品显然是为专业目的谱写的。因此，在中国，确有几个教师能够训练这样的合奏团、演奏小组、四重奏、三重奏、五重奏、六重奏等。当然，这些教师为数极少。西方音乐体现了我们与你们不同的文化。对于这种西方音乐的风格的解释，对于这种风格的直觉，在中国还应得到发展。没有这种风格的直觉，演奏家演奏出来的音符就如同一个人学读英语的音节，却不懂这些音节及词汇所包含的意思、节奏、诗意和情感的性质。

我还担心年轻人虽将花掉他们生命中的许多年、许多时日来工作和学习，但却不懂、不理解、不接受他们努力表达的乐曲背后的感觉、感情、想象力和特质给他们的启示。如果这样，他们就不会有成就，就会失望。我在某地听到一些年龄较大的演奏家的表演，他们就已显出沮丧和厌倦的神情。这并不奇怪，如果我们不明原因和目的地每日工作许多小时，我们也会这样的。

目的不是要在世界比赛中击败他人，而是要全心全意地为所学的艺术服务。

为此，我请求您确认并完成你们在全国范围内所进行的卓越努力，这种努力是要用最优方法教授西方音乐，从而使得您、老师们和学生们都不会失望，使得他们认为他们的努力是值得的。我想建议您把重点从已过时的俄国模式上转移过来。直至今日，莫斯科的音乐学院几乎仍然不教室内乐而只盼望培养出在所有比赛中获胜的世界明星。俄国人在过去的一定时期内能够做到这一点，目前在有限的范围内也能做到这一点，因为毕竟他们有西方小提琴演奏的优良传统，有对民间音乐天生的喜爱和理解，他们的伟大作曲家都直接地具备这些素质。他们和德国和西方也有着直接的联系，至少是在专制的沙皇和后来的苏联政府允许的范围内。然而今天音乐教学大大发展了。如果您钦佩我的学生的话，那是因为他们不仅是优秀的乐器演奏者，而且是优秀的音乐家。他们年轻，喜爱自己的工作，对工作充满热情、热爱和理解，他们演奏了大量的室内乐和室内管弦乐作品，他们不仅独自演奏，还集体演奏。

亲爱的周先生，如果我过于自信了的话，请原谅我，但我对此事感觉太强烈，所以我必须对我所信任的人极为坦率。请记住，我并没批评教师或教学质量；在各个方面他们都是无可指责的。应尽量给予教师们所应得到的帮助和鼓励。他们不是在为一项目光短浅的政策服务,因为音乐既不是举重也不是乒乓球。

我还将这封信抄送中国音乐家协会主席吕骥,如果我不知应向谁发这封信的话,请多加原谅。

再次衷心地感谢您

您诚挚的耶胡迪·梅纽因

1982年10月4日

肖斯塔科维奇：斗士与丰碑

德米特里·德米特里耶维奇·肖斯塔科维奇（1906—1975），生于圣彼得堡，苏联最重要的作曲家之一。肖斯塔科维奇是一位现实主义音乐家，他满怀激情，爱憎分明，作品更是遍及交响曲、弦乐四重奏、协奏曲、钢琴独奏、室内乐、歌剧等音乐体裁，特别是15部交响曲使他享有20世纪交响乐大师的盛誉。在苏联的卫国战争中，他创作的《第七交响曲》在纽约首演，奏响了反法西斯战争的交响最强音，堪称世界音乐史上的伟大丰碑。

《时代》杂志曾把身穿军服、头戴钢盔的肖斯塔科维奇放到了封面上，其背景是五线谱上流淌的音符。在20世纪的音乐家中，从精神强度上来看，肖斯塔科维奇也许是一位可以和贝多芬相媲美的作曲家，他是音乐的斗士，用音乐介入战争，鼓舞人心。也许有人认为肖斯塔科维奇为了政治而牺牲了艺术，或做了战争的殉道者。但其实他蔑视强权，在其晚年时曾说："等待枪决是一个折磨了我一辈子的主题。"在写给中国音乐家的信中，肖斯塔科维奇谈到了他心目中的大作曲家，折射出了他的艺术理想和政治判断。当时正值中国抗日战争时期，他的希望是，苏联、中国同为抗战国，音乐家们也能建立起一个反法西斯的同盟，担负起保卫世界和平、守护人道主义的重担。在这种意义上讲，那些战争年代激越、杰出的音乐"多是墓碑，也是丰碑"。

致中国音乐家的信

尊敬的朋友们和音乐艺术的同行们：

首先请你们接受我对你们热情亲切的来信表示衷心的感谢。作为一个苏联的爱国主义者，你们祝贺红军对德国法西斯军队所取得的胜利，使我特别感动。当我给你们写这封回信时，在这些令人高兴的日子里，红军正摧毁希特勒的大量军队，迅速向西方推进，使苏联的土地从敌人占领下解放出来。

红军的英雄主义斗争使我们的人心中充满了自

豪和鼓舞。苏联作曲家们今天的工作的特点是精神特别高涨。

从战争的最初日子起，苏联的音乐家们就把自己的创作贡献给了斗争与胜利的事业。在战争的二十七个月里，他们创作了各种音乐体裁的许多作品，描绘红军战士战斗的英勇精神，体现崇高的理想，推动苏联人民在与法西斯斗争中不断前进。

在这个时期所创作的几千首歌曲和战斗进行曲，几十部较大形式的作品——交响曲、清唱剧和歌剧中，有不少可以看作是重大的创作成就的作品。

当然，在一封短信里不仅不可能列举出我的同志们所写的全部作品，就连提一下所有的优秀作品都不大可能。可是我还是想举例说明一下苏联音乐家在严峻的战争时期的创作热情是多么高涨。

我们最老和最受尊敬的作曲家之一——米亚斯科夫斯基在战争时期里把自己的交响乐作品从21部增加到24部。他完成了《祖国之战》第二十二叙事交响曲，除此以外，他还创作了三首新的弦乐四重奏（第7、8和第9），康塔塔《基洛夫与我们在一起》（纪念苏联人民最热爱的领导人之一）以及一系列较小的作品。

在战前已年过50岁的普罗科菲耶夫，在最近两年半里他的无穷尽的创作灵感实在惊人。他完成了宏伟的歌剧《战争与和平》（根据托尔斯泰的同名长篇历史小说创作），交响组曲《1941年》，舞剧《灰姑娘》，康塔塔《无名孩子叙事曲》（描写苏联人民与希特勒占领者的英勇斗争），极其引人兴趣的第二弦乐四重奏（采用高加索的民间主题）以及第七钢琴奏鸣曲……

年轻而有才能的哈恰图良继舞剧《加雅奈》（描写苏联亚美尼亚战前的幸福生活和卫国战争最初的严峻的日子）之后，又完成了自己的第二交响曲。

对我个人来说，在你们的信中对我的《第七交响曲》作了热情的赞扬，在这之后我又以英国诗人的诗篇写了《浪漫曲套曲》《第二钢琴奏鸣曲》，最近又完成了我的新的——《第八交响曲》的总谱。

在战时，苏联作曲家——我们各兄弟加盟共和国音乐艺术的代表者们，做了许多卓有成效的工作，如格鲁吉亚作曲家哈吉别科夫，乌兹别克的阿什拉菲——他在战争时期里创作了第一部乌兹别克交响曲……

所有这些与许多其他类似的事实一样，证明在困难的战争条件下，苏联作曲家正直而勤勉地履行着自己的爱国主义职责，力求用自己的创作来帮助承担着与法西斯作战的重担的人民。

这些紧张的工作，以共同的理想把我们——苏联音乐家，与全世界进步音乐家们，特别是与你们——我们的中国朋友们更牢固地联系起来了。

我们坚定地希望，当人道主义与仇视人类，善与恶的规模宏大的搏斗最后以法西斯主义被击溃和消灭而告终时，全世界音乐家的交流将变得更加紧密，而我们——通过个人的交往和广泛的音乐会活动，将能够互相展示我们创作工作的成果，在战争的日子里，这些创作工作曾为捍卫人类摆脱法西斯的残暴行为而服务。

请允许我以个人的名义和我的同志们——苏联作曲家的名义，向你们致以热烈的问候，祝愿你们取得创作上的成功。

德·肖斯塔科维奇
1943年10月30日

［戈兆鸿　译］

巴托克：我是一个匈牙利作曲家

贝拉·维克托·亚诺什·巴托克（1881—1945），出生于匈牙利纳吉圣米克洛斯，匈牙利现代音乐领袖人物，作曲家、钢琴家、民间音乐学家。巴托克毕业于布达佩斯皇家音乐学院，并在该音乐学院担任钢琴教授。在巴托克的音乐生涯中，他系统地搜集、整理、研究了匈牙利民间音乐，出版了很多著作，为匈牙利音乐的传承、发展做出了重要贡献。巴托克的音乐创作也颇为精彩，主要作品有：舞剧音乐《木偶王子》，歌剧音乐《蓝胡子公爵的城堡》，管弦乐曲《科苏特》《罗马尼亚舞曲》《第一狂想曲》，合唱《匈牙利民歌》《斯洛伐克民歌》等。巴托克被誉为"匈牙利民族音乐奠基人"。

随着作品日益流传，巴托克的影响力与日俱增，他在信件中始终思考着音乐的民族性与现代性、母语的文化意义及其继承发展等问题，向世人辩证地讨论了"民族的才是世界的"这一艺术命题。

在他写给好友的信中，我们可以看到他对民间音乐发自内心的热爱。巴托克早年写给母亲的信中巨细靡遗地嘱咐自己的母亲尽量使用自己民族的语言，在特定历史时期是一种爱国主义的表现。民族学学者对他国籍的认定让他愤慨，他也因之阐发了自己的音乐理想：既要融合一切纯洁、健康的多民族音乐的泉源，又坚信自己濡染其中的匈牙利民族气质，绝不是某种狭隘的民族主义。

致妈妈的信

亲爱的妈妈:

（前略）没有什么新闻可以报道的了。充其量，我只能写一篇关于匈牙利人没落的"社会论文"；说明没落的由来，并非如多纳尼依所断言的那样是由于我们军队的语言和精神匈牙利化；相反，是由于匈牙利民族的每个成员对一切匈牙利的事物表现得冷漠无情，极少例外。我这里所指的，并不是重大的政治问题；在那一方面，为了民族的理想，我们是还有所激动的。我所指的是在日常生活里、在每个似乎无关紧要的小节上，我们不断对匈牙利民族所犯的过失。对我们来说，某人是否使用及如何使用我们这种独特而无与伦比的语言，完全无关痛痒。我们自己用各种外语来代替祖国语言，以至于一个通晓匈牙利语言的人，即使他掌握大学的全部知识，也会被人说成没有教养而加以嘲笑。拉科西·耶诺在一次出色的演说里，说得很对：当我们的女儿们（这是未来一代的母亲啊）的青春刚刚开始，我们就已经用外国教育来腐蚀她们。匈牙利人所做的正是这样。他们不知道，至少必须在自己的国境以内用一切方式、方法来传播祖国的语言；只有这样，才能使自己强大。而现在的情况是，无论它是匈牙利语言或德意志语言，无论是匈牙利或奥地利的货色，全都一样。（而且，我们甚至还因此而自鸣得意。）

　　人人到了成年，要明确自己为之奋斗的最高目的，作为他全部活动与一切行为的准绳。就我来说，在我整个一生中，无论在什么地方、什么时候、处于任何情况之下，我都但求能为一个目标服务：为匈牙利民族和匈牙利祖国的利益服务。我想，直到现在，我也曾经就我的薄弱力量之所能及，用大小的行动来证明了这种意图。

可惜在我自己的家庭里，关于这一方面，还有这么多需要改进的地方。使我感觉痛心的是，在我们最近一次团聚时，不但你，而且妹妹珀什凯，不是由于疏忽就是由于健忘，竟也犯了以上所说的过失。要知道，在日常生活里，同样要安安静静地、不惹人注目地为一切匈牙利的事物而奋斗。要用文字、行动以及自己的谈话来传播匈牙利语言！要用匈牙利语互相交谈！假如在波松尼或者以后在布达佩斯有知道我的想法的熟人来访，偶然听见你们用德语交谈，甚至也许用德语和我说话，我确实会感觉非常羞愧。那时他一定认为我是个大言不惭的人了。你说你和伊玛姨母用德语谈话业已成为习惯，借此为自己辩解。这点理由是可以接受的。不过，它也是由无法弥补的疏忽所造成的结果。为什么你们在青年时代不习惯于使用匈牙利语呢？艾玛姨母在贝凯什州住了很长的时间，应当在那里学会了一些我国的语言。以后，你就应该帮助她坚持下去才是。正像你后来为了使我们学习德语因而习惯于用德语和我们谈话那样，你就该习惯于用匈语和艾玛姨母交谈,好让她将匈语完全学会才是。

不过,话说回来,我在这里唠叨些什么!在匈牙利,对每个人来说,德语毕竟是强制的,是必不可少的。然而,假如在德语以外,也能说(一点)匈语,这是没有害处的啊!

且听我谈谈适用于每个匈牙利人的一些准则:

只有在绝对必要时才说外语!也就是说,我希望你——即使你用其他语言和艾玛姨母交谈——无论在家在外;和珀什凯一定要使用匈语。万一你"难于习惯"的话,那你干脆就得努力一番;匈牙利语言是值得你这样为之努力的。

至于你们对我用德语讲话,并没有一次使我感觉高兴或者有趣。你们知道,在业务上,或者在街道上,假如有人用外语向我打听事情,我是怎样对待的。我的愿望是,你们如法炮制。"做起来很难";但是,最初的困难一经克服,以后就易如反掌了。现在,我对它业已完全习惯了。如果连我的至亲骨肉也不能为了一个共同目标来和我协作,实在令人惋惜。对匈牙利语说得不好的老相识们,你无妨迁就一些。可是,对毕尔曼一家和F.呢?有多少回我注意到:谈话原来是用匈语进行的。就是你,仅仅由于健忘,忽然说起德语来;反正对你来说,这都一样。无论你们把妹妹叫成珀什凯或其他的什么,问题不大,无关紧要。但是,我今天在这封信里对你所提出的请求,你一定要实行。

便中一提,国王又一次那样出丑;你怎么说?头一次是为了蒂萨,现在是为了鲁卡契[1]。这一切是他那帮聪明绝顶、德高望重的顾问所促成的。国王竟然在这个时候将打算接受首相职位——这种名誉的(仆从的)职位——的人加以逮捕,这是多么大的丑闻!

而这一切是为了什么?

吻你。

贝

1903年9月8日于格蒙登

[陈洪、季子、廖乃雄 译]

---

[1]当时匈牙利的两个政治家。巴托克在这里所指的是1903年的政府危机。

致贝乌·奥克塔维安[1]的信

阁下：

……"罗马尼亚作曲家"。关于这点，我的理解如下：我认为我是一个匈牙利作曲家。我不能仅仅由于在我的创作里，在我自己所创造的旋律上，对罗马尼亚民间音乐有所模仿或有所感染，就被人称为"罗马尼亚作曲家"；恰如勃拉姆斯、舒伯特

---

[1] 贝乌·奥克塔维安，是一位民族学学者。

及德彪西之不能仅仅由于他们在自己的作品里各自运用了匈牙利或西班牙风味的题材,就被人称为匈牙利或西班牙的作曲家。据我看,您或其他的研究者应当放弃这样的称谓,而把论断只限制在以下的一点:"在某一作品中,在某处有罗马尼亚的风味的主题存在。"——假如您的理解是正确的,我就有同等的权利被称为"斯洛伐克作曲家";而我将成为一个具有三重国籍的作曲家了!关于这点,我愿将我的一些想法就此奉告,借以表示我的坦率。

原来,正由于我的创作来自这三个方面(匈牙利、罗马尼亚、斯洛伐克)的泉源,人们可以认为它是一种整体思想的体现。自从我从事创作活动以来,我充分意识到我的真正思想是:各种民族之间的友好,不顾一切战争与不和的一种友好。我企图在我的音乐里,就我力之所能及,为体现这一思想而努力。因此,无论影响来自斯洛伐克、罗马尼亚、阿拉伯或其他任何泉源,我一概不加拒绝。不过,泉源必须纯洁、新鲜而健康!由于我所处的这个(地理上的)环境,和我最接近的是匈牙利的泉源,而匈牙利的影响也因之最为强烈。不论影响来自何方,我的风格是否具有匈牙利的气质(而这也就是关键所在），这一点应当是由别人而不是由我自己来判断的。无论如何,我感觉它是具有匈牙利性格的,而性格与环境也无论如何是必须一致的。

1931年1月10日于柏林—布达佩斯途中

[陈洪、季子、廖乃雄　译]

致好友的信

我亲爱的约瑟夫[1]:

  我这么久没有给你写信,请你不要见怪。没有办法,在写信这件事情上,看来我是不可救药的了。此外,有这么多永远做不完而又急待完成的工作。你时常在我念中。我甚至在萨拉纳克还打算给你写一封又妙又长的信。但是,错就错在这里:短

---

 [1] 指西盖蒂·约瑟夫,是一位小提琴家,巴托克的好朋友。

信我不想写；长信需要很大的决心。这点不谈了吧……

说真的，我的小提琴协奏曲不能由你来演奏，我很惋惜。你还记得吧，三年以前，当它的钢琴改编谱还远没有出版的时候，我就给你寄了一份影印的副本？除了你以外，当时没有人得到。和奥曼迪[1]演出的可能性始终还存在。他在关于其他事情的来信里对这点表示遗憾，说，假如万一还有实现的可能，他愿意和你在费城演出小提琴协奏曲。原因是，他从无线电广播听到这部作品，认为从贝多芬、门德尔松和勃拉姆斯以来，还没有人写出这样一部小提琴协奏曲（奥曼迪原文如此！）。

这次演奏确实极好。使我最感愉快的是，虽然乐团对小提琴的"伴奏"有点难于着手，配器却完美无缺，无须作任何改变。——至于那些批评家，尽管他们这一次比往常写得略为好一些，但批评家终究是批评家。如果其中的一位没有写出下面这种荒唐的东西来，我是不会为这些批评家浪费唇舌的。他说，他不相信这部作品能够"排挤"贝多

---

[1] 美国指挥家。

芬、门德尔松和勃拉姆斯的小提琴协奏曲。这种废话是怎么写出来的？谁能那样疯狂，以至于想用他自己的作品来"排挤"其他的作品？假如他所写的是，他不相信它们能够"并列"，或者类似的话，这样说也就得体了。但是，这点不谈也罢……

在8月底，我的健康情况突然好转。我之所以能够为库塞维茨基[1]完成他所预订的作品，大概是由于这一好转（或者相反）。在整个9月里——所谓夜以继日地——我就这部作品进行创作。

现在，我在这里已经开始做一件很有意思的工作，一种我从来还没有做过的工作。这实际上不是音乐工作：我将两千首罗马尼亚民歌歌词加以整理并誊清。我认为，至少在农民方面，从中能发现不少有趣的东西。其中有些诅咒的歌词十分独特，这是多么莎士比亚式的想象啊！实在令人惊叹。可惜的是，因为你不懂罗语，我不能在这里抄一些给你看看。不过，在我们匈牙利，这类民歌歌词也异常丰富。例如，年轻姑娘们对于不忠实的小伙子们有以下诅咒的歌词：

---

[1]指挥家。

愿上天这样罚你：

用钱买面包来吃。

是啊，住在城市里的美国人，都是用钱来买面包的，根本不能理解这个诅咒的奥妙之处。可是，小农就不然了。他自己生产小麦，自己烘焙面包。假如一场雹子将他的庄稼打坏了，他势必用现钱买面包来吃。然而，现钱从哪里来呢？

这些"不体面"的词句，也都是富于典型性的。这不是城市里那种令人憎恶的"兵营式的"下流语言，而是充满机智、诙谐与嘲笑的生花之笔。

你看，我目前就忙于这样的工作——同时等待医生许我自由活动的时候到来。

我极热诚地向你问好，并祝你一切顺利。

贝拉

1944年1月30日于阿什维尔

〔陈洪、季子、廖乃雄　译〕

理查德·施特劳斯:秘密

　　理查德·施特劳斯(1864—1949),出生于德国慕尼黑,作曲家、指挥家,曾担任柏林皇家歌剧院、维也纳歌剧院指挥、音乐指导。1920年与马克斯·赖因哈特、霍夫曼斯塔尔等人一同创办萨尔茨堡音乐节。他是德国浪漫主义晚期交响诗及标题音乐领域最重要的作曲家,创作了《唐·璜》《堂·吉诃德》《英雄生涯》等九部交响诗及其他管弦乐曲。1900年后专心于歌剧创作，写了《莎乐美》《埃勒克特拉》《玫瑰骑士》等十四部歌剧。此外，他还是电影《乱世佳人》配乐作曲家马克斯·史坦纳的教父和老师。

理查德·施特劳斯和斯蒂芬·茨威格之间的书信往来更像是一场戏剧。施特劳斯寻找了半辈子，认为能为他的歌剧台本写作的只有霍夫曼斯塔尔，而在霍夫曼斯塔尔去世后，他确信已经没有人能为他写作了。就在失落失望之际，茨威格出现了，《沉默的女人》是他们精心合作的开始。施特劳斯很了解茨威格的音乐趣味。施特劳斯希望茨威格能接上霍夫曼斯塔尔的创作，为了共同的艺术理想而多出杰作。两人的通信非常有趣：施特劳斯敏感、善于交际、语言直接，茨威格沉稳、不善交际、语言幽默。戏剧性的反转是，茨威格不满施特劳斯顺从纳粹政府的写作而终止了合作。由此，施特劳斯变得焦虑不安，起初他想抓到茨威格接替霍夫曼斯塔尔，但没想到最后却是一个苦涩的果子。

致茨威格的信

亲爱的茨威格先生：

你那封美好的信让我深感伤心。假如你也把我抛弃，那么从此我只能过衰老无业的退休生活了。相信我，没有别的诗人能为我写有用的台词，即使你慷慨无私地答应"合作"。对你的慨允我至感莫名。我反复对戈培尔部长和戈林说过我找歌剧台词作者找了五十年。我曾收到过几十个本子，同所有德国作家（格哈特·霍普特曼、巴尔、沃尔佐根等）

商谈过合作。《莎乐美》是幸运的产物,《伊莱克特拉》把我引向无可比拟的霍夫曼斯塔尔。霍死后,我觉得我不得不永远地退出舞台。接着是偶然(用词恰当吗?)找到了你。我不能因为碰巧我们有个反犹太的政府就对你表示绝望。我有信心:这个政府不会给茨威格的第二本歌剧设置障碍。就算是我去同对我很客气的戈培尔博士谈,他也不会感觉政府受到这样的作品的挑战。为什么要提两三年后就能自行解决的不必要的问题呢?因此,我还是坚持我的请求:帮我写几个漂亮的歌剧台词(我永远也不会找到另一个作者)。我们将保守秘密,直到两人认为时候合适再拿出来。这不是什么丢人的事,而是明智的做法。

我反正已计划建议戈培尔博士开展一场歌剧台词创作竞赛。我们将看见竞赛的结果。假如部长先生得读所有呈交的文本,愿上天发慈悲!

那么,我就等啦!但别太久,我希望。

理查·施特劳斯博士
1935年2月26日于加米什

[潘小松 译]

致茨威格的信

亲爱的茨威格先生：

我和部长及国务大臣长谈了一次，他俩都遗憾地表示不能再上演茨威格第二部歌剧作品。我对他们说，出于人所共知的原因，你已拒绝继续为我写作，但我不希望在我晚年无事可做（指的是舞台作品，因为就所谓绝对音乐而言，《第九交响曲》之后就中止了）。我对他说有幸让部长（不过没有别人）知道我将继续为茨威格的本子作曲，假如找不到另一个歌剧台词作者的话,但只秘密地进行;我对他说没有人会知道此事(我也请你严守秘密),我只为快乐,只为身后谱曲,谱完后放在抽屉里。

我以此法保护了自己。两三年后,假如届时新歌剧完成,再看下一步做什么。在我的建议下,戈培尔博士将开展一场德语歌剧台词竞赛。看结果会怎样。我表示愿意为证明对我有用的本子谱曲(但我不相信有这样的本子)。

我会立即写信去要《塞莱斯蒂娜》,这个素材有潜在的东西。问题是如何处理素材,有无可能从所提到的人物那里创造出我们感兴趣的活生生的人,不仅仅是供娱乐,如你如此成功地写摩罗索斯那样。

能不能找一本《卡蒂利娜》给我?写希腊人的辉煌写了那么多,现在该开开著名的罗马人的玩笑了。

一等编排完我就把钢琴曲谱手稿寄给你。

理查·施特劳斯
1935年4月2日于加米什

[潘小松　译]

致茨威格的信

亲爱的茨威格先生：

昨晚12：30从德累斯顿乘小汽车返回。（尽管天气如热带气候那样热，事先也没预订，第二场演出却座无虚席，真让人吃惊。这次第二幕比第一幕还受欢迎，非常成功。）我早就想给你写信了，现在也正好回你那封让人珍视的信。天哪，你脑子里都是些什么怪念头啊！我为什么要不惜任何代价成为人所尽知的作曲家，也就是说要同群氓共处，在每一个低级剧场表演？一年来我努力让宣传部禁止在所有的虱咬蚊叮的歌剧棚里上演那出屠杀戏《火灾》，那个管弦乐队只有30人，合唱队只有15人。现在我终于发现了一位同盟，那便是州行政长官亨克尔；他和布鲁诺·冯·尼森会帮我说服戈培尔博士实施我期待已久的改革方案：提高德国歌剧文化的质量。

然而，这并不意味着伟大而精深的艺术作品要被删削以适应在乡村舞台上演两个粗俗小品节目的每一个小丑的要求——这样的事让雷哈尔和普契尼去做好了。我所想的是真正的文化场所，中大型的歌剧院，能按作曲家所希望的方式上演德国歌剧文学杰作的场所。只有资助力度增大方克臻此。而资助应向演员固定、专业剧场上演的保留剧目倾斜，向最高艺术质量的作品原则倾斜；管弦乐队要再大些，观众再多些，设备预算等要增加。

因此，为普通剧场所做的剧本改编如你所建议者是我不予考虑的。除了演唱的难度，《沉默的夫人》并没有什么特别的要求。

《阿拉贝拉》：一个普通的管弦乐队和一套东西！还想减什么？我不是为少于50人的管弦乐队

的乡村舞台谱曲的，也不是为巡回表演队谱曲的。

《莎乐美》在德累斯顿首演的管弦队有105人，整个世界还悲观地预计：得，能有两三个剧场演出就不错了。然而，演这场戏的剧场有多少啊！谢天谢地，我用不着听人劝去改编这些作品以迎合小规模的管弦乐队，尽管这次有这种可能。《沉默的夫人》不能低于我的标准删削。让他们去想办法，太懒的人最好别碰我的作品，去演轻歌剧吧。我从来没有写容易演的作品的天分，那是次等音乐家的特殊本事。现在我最后一次请求：请你为我写出你独自构思的那两个剧本：《1648年》和喜剧《先来点音乐》。别跟格里戈尔合作，我断然拒绝与他合作：我不谱装腔作势的歌剧。

假如格里戈尔寄给我他独立完成的新作品（至今他还没能赢得我的信任），或者他跟你一起写《塞米勒米斯》或全新的东西，我会怀着同情心考虑一切——但茨威格创造的东西我也只愿以茨威格的名字作曲。

此后的事情让我来操心吧。

德累斯顿的小"塞波塔里"是梦想成真。假如能找到人阐释这样一个特殊角色，也就不用担心将来怎样了。(我等《莎乐美》等了多长时间啊——还在等呢!)

"那么,开步走吧,向前进!"我在等你!
祝福你。
感谢你忠于你的理查·施特劳斯博士
　　　　　1935年6月28日于加米什

　　　　　　　[潘小松　译]

马勒:用音乐思考人生

古斯塔夫·马勒(1860—1911),出生于波希米亚的卡里什特,毕业于维也纳音乐学院,杰出的奥地利作曲家、指挥家。马勒先后在莱比锡、布达佩斯、维也纳等地歌剧院任指挥,是现代音乐会演出机制的缔造者。马勒创作的音乐堪称德奥音乐文化的典范,他的交响乐、声乐套曲等作品继承了古典主义、浪漫主义的音乐传统,同时又从时代精神中汲取营养。其代表交响曲《复活》《巨人》《大地之歌》等构思精致、结构恢宏，展示了具有哲学深度和表现力的新音乐语言。

《为什么是马勒》的作者莱布雷希特说："马勒的音乐不但是20世纪现代人的心灵写照，而且可以改变我们的世界；这九首半交响乐充满了'冲突和矛盾'，还有对生命的眷恋、对死亡的恐惧、对大自然的热爱……都是大主题。我们甚至可以说，不管你懂不懂古典音乐，每一个人都可以从马勒的音乐中感受到一个赤裸裸的灵魂的煎熬和颤动，不仅是音乐本身的旋律节奏和结构而已。"阿玛尔不仅是马勒的妻子，还是一位才华横溢的作曲家，写过上百首艺术歌曲。马勒和阿玛尔的书信往来是进入二人精神世界的第一手材料，作曲家的生活与思想是相互关联的。马勒把阿玛尔作为倾诉对象，是希望妻子能理解丈夫，读懂、听懂丈夫的音乐语言。从信中可以看到马勒的艺术旨趣、行为方式、脾气性格等，这对理解作曲家与作品无疑是弥足珍贵的。此外，书信后附了马勒《第二交响曲"复活"》的文字说明，也可以视为作曲家用音乐思考人生的某种写照。

致阿玛尔的信

我是多么渴望地在等待你的来信！它今天到了，给我带来了如此美好的快乐的一天。如果你能看到我现在穿越柏林大街时的表情的话，那你就会知道，我是一个极度快乐的人。我相信，所有人都能从我的脸上看得出来的。……

阿尔玛，你自己知道你的情况，尽管你还是那么年轻，当我用我心灵和生命的全部激情，在幸福中从内心深处去感受，那你是能够体会我的这种情感的。我还一直不能摆脱掉恐惧和忧虑:一个如此美好的可爱的梦会破碎,我等不到我从你生命的呼吸中吮吸到无虞和深度的自知的那一刻——我的生命之舟从大海的风暴中被救上故乡的海港。我感觉到,从我们上次的团聚以来我们才真正地走到一起,我们现在表面上是分开了,而实际上才真正地结合了。

我的爱,你看,这一切都是我从你最近这封信中读出来的。阿尔玛,你现在为什么不能与我在一起?我总是想起你有一次对我所讲的,你是多么喜欢旅行。我经常相信,你就在我身边,我在与你交谈,在你的脸上读到,你多么喜欢怀着好奇冲向新颖和未知的一切。

自从我观察到你对点心和水果的偏爱以来,每当我得到一份餐后甜点时,我总是把它归功于你。(从前这也是我的薄弱的一面。)每当我想起你时,对我来说一切又都有了价值。尤斯蒂[1]也向我告知了你们的相处情况,她已经爱上了你。我不再操心了,因为对于你我之间这种独特的、极为幸

---

[1]马勒对他妹妹尤斯汀娜的爱称。

福的合而为一，我不知道怎么说才好。你对我妹妹如此喜欢，感觉如此良好，这使我去掉了心上的一大忧虑。……

看！我亲爱的！人们不能去博得和获得至高无上的东西，这有时几乎使我感到悲哀！我的阿尔玛，你赠予我的是什么啊！……我那么强烈和深切地感觉到我的义务，这义务同时也是我至高无上的幸福，我都——出于恐惧去试试命运——不敢对你盟誓或许下誓言！我在想，你与我一样，有这样的感觉：使我们得到满足和结合的是一种在我们之外和超于我们之上的力量，对它静默地加以敬重会成为我们的宗教！……

我的阿尔玛，请你有时间就我写给你的谈上几句。我要知道，你是否会全面地理解我，愿意跟随我！在我们之间不可以有一句空话，如果你有时只是把这些当作一句美丽的名言或一种有趣的"书信风格"的话，那就会发生这种情况。但是我求你：不要强迫自己。

我从不相信，如果有另样的感觉，要说另样的话，那你会更少地喜欢我，我会更少地被爱。我也会不倦地、一再地去寻求去讲你的语言，即使你对我的讲话无法理解。还有我在上一封信中对你写的那些,有关我的野心,我想得到的答复。

你使我永远感到可亲的是,你是如此真诚,如此朴实。我不敢对你说一句废话!这是违抗神圣灵魂的唯一的罪过。这是一种自欺欺人的谎言!你记得与布克哈德在一起时我们的第一次谈话吗?我当时谈的一切都只是对你。我们完全一致——我只是不知道而已,但是我已经接受了火的洗礼。

啊,阿尔玛,我喜欢不断地向你倾诉我的内心,根本不想向你讲述那些表面上的东西!也应当是这样!我们必须分享一切。现在我觉得十分困难的是,我不知道该从哪开始。这一切对你还是陌生的。你不知道如何去评估,你还没有判断有价值与否和判断我的事情与你的生活的标准!这像是一部现代小说。它从中间开始,在第二章才知道它前面的故事。昨天我给我妹妹写了封信,给她寄去了我受到委托为德累斯顿音乐会[1]草拟的一份东西——我估计,如果你在她那儿的话,那这封信大概已到了。我多么嫉妒她啊!我请求尤斯蒂,

---

[1] 马勒的《第二交响曲》于1901年12月20日在此音乐会上演出。

把我写的这份东西转交给你。星期二早晨我要从这里出发去德累斯顿。从星期天就写那儿的地址：百勒威饭店。

卡尔马上就要来了，我在这里给他留下一个会面的地点。我希望，他一直留到音乐会，这样至少我亲爱的太阳能把它的反射落到我的心上。

为我问候你的妈妈，要一再地问候。我已经习惯把她也看作我的妈妈，我下次不会错过向她叫妈妈了。

我的阿尔玛知道，每一天我如果不得到你亲手写的至少是两行字的话，那我就迷失了自己。

……

你的古斯塔夫
1901年12月15日星期六下午

附：
《第二交响曲》的标题性说明

古斯塔夫·马勒

我们伫立于一个可爱的人的棺材旁边，他的一生的战斗、痛苦和愿望又一次，也是最后一次从我们灵魂的眼睛前掠过。在这庄严的和内心深处极为震惊的时刻——在这样的时刻我们像摆脱一个覆盖物一样，摆脱日常生活中所有的困惑和卑微——一个人严肃得可怕的声音触动了我们的心灵，这声音在近日的浑浑噩噩的忙乱中我们经常是充耳不闻的。它在问：这种生是什么？这种死是什么？

对我们而言有一种继续吗？

这一切只是一个粗暴的梦，或者这种生和这种死有一种意义？

如果我们该继续活下去的话，那我们必须回答这个问题。

随后的三个乐章作为间奏曲。

第二乐章　行板

这个高贵的死者在生活中的幸福时刻，对他青年时代和失去的纯真的一种忧伤的回忆。

第三乐章　谐谑曲

无信仰者的精灵，否定有它的力量，他洞见各种现象的纷扰庞杂，怀着纯洁的孩子的思想失去了坚固的、只有爱才能给予的支持；他怀疑自己，怀疑上天。世界和生活成了他的鬼蜮：对存在和变化的厌恶用铁拳抓住了他，直追逐他发出绝望的喊叫。

第四乐章

质朴的信仰者的令人感动的声音在我们耳边响了起来。

"我来自上天，并要再次回到上天那里！亲爱的上天会给我一束光，会照亮我进入永远幸福的生活的道路！"

第五乐章

我们又站在所有可怕的询问之前——第一乐章结束时的氛围。

响起了呼喊者的声音：一切生物的完结已经到来——最终的审判已经宣告，所有日子中最恐怖的一天已经开始。

大地在震颤,墓穴在裂开,死者站立起来,排起无尽的行列在行进。这个人世的伟人和小人都要到那里去——呼唤怜悯和宽恕的喊叫声在我们耳畔响起。这声音越来越可怕,在靠近永恒的精灵时,我们全部的知觉已失去,所有的意识已消亡。这时《伟大的召唤》响了起来——世界末日的喇叭吹响,在恐怖的寂静中我们相信是听到了一只远方的,远方的夜莺,它像是大地生命最后颤抖的一个回声!圣者和天界诸神的合唱轻轻地响起:

"复活,你将复活。"这时上苍显现出了它的威严壮丽!一种神奇的、柔和的亮光直照进我们的心灵——一切都是恬静的和幸福的!

看吧:这不是审判——没有罪人,没有审判者,没有伟人,没有小人物——这不是惩罚,不是奖赏!

一种全能的爱的情感照彻了我们,用它神圣的认知和存在。

[高中甫　译]

柴可夫斯基：灵感是一位客人

彼得·伊里奇·柴可夫斯基（1840—1893），出生于俄罗斯沃特金斯克，作曲家、音乐教育家。主要作品有：第四、第五、第六（悲怆）交响曲，歌剧《叶甫盖尼·奥涅金》《黑桃皇后》，舞剧《天鹅湖》《睡美人》《胡桃夹子》，以及《第一钢琴协奏曲》《罗科主题变奏曲》《1812序曲》《罗密欧与朱丽叶幻想序曲》和大量声乐浪漫曲。柴可夫斯基被誉为"俄罗斯音乐大师"和"旋律大师"。

　　柴可夫斯基与梅克夫人的通信吸引过很多读者。这些通信不是传记，而是音乐家的内心独白。柴可夫斯基从不认为自己是一个天才，而相信的是业精于勤荒于嬉，行成于思毁于随。当柴可夫斯基出现在世界乐坛时，西欧音乐已经是灿若群星，但作为一位有血有肉、有悲有喜的作曲家，他始终把根扎在俄国大地上，为振兴民族音乐努力奋斗。谈到创作，有人认为是"隐秘之事"，柴可夫斯基却认为："灵感是客人，她从不会拜访懒汉。"在致梅克夫人的信中，柴可夫斯基开诚布公地讲述了自己的作曲经验。这种创作方法揭开了音乐的神秘面纱，也打开了作曲家的纯朴心灵；从心灵而非乐谱进入柴可夫斯基的音乐世界，是一条新的路径，它让人们以最为亲切的方式与作曲家进行交流。柴可夫斯基的精神感染了一批又一批的青年人，为俄国音乐的现代启蒙留下了宝贵财富。

致梅克夫人的信

梅克夫人：

　　我收到您的信了，亲爱的朋友，读完非常愉快。让我逐项回答您的问题。很高兴和您谈到我的创作方法。先前我从来没有披露过这些精神的神秘的表现——一部分是没有几个人要我这样做，一部分则是向我提出这个问题的，很少引得起我的兴趣作答。但把作曲的过程告诉您，倒是极好的，因为您对我的音乐有着与众不同的敏感。也许除了我的弟弟们之外，永远没有第二个人像您一样可以用您的同情使我高兴的了。只要您知道同情对我是多么宝贵，只要您知道同情是不会纵惯我的！

有人告诉您说，音乐的创作是冷酷的，不是一种心灵的声音，别相信他们。只有从艺术家灵魂的深处倾泻出来的，而又被灵感所感动的音乐，才能够感动听众，占有听众。毫无疑问，甚至是最伟大的音乐天才，有时也会被缺乏灵感所苦的。它是一个客人，不是一请就到的。在这当中，就必须工作，一个诚实的艺术家决不能交叉着手坐在那里，说，他还没有兴致。如果等待兴致来，而不是跑上前去迎接它，那就很容易流于懒惰和无所动心。必须抓得紧，有信心，那么灵感一定会来的。

这些今天在我身上也发生过。我告诉您说我经常不断地工作，但没有热情。如果我说没有兴致，不干了，那我一定会有很长的一个时期什么也完成不了的。但信心和忍耐从来没有舍弃过我，今天，清晨以后就被一种不可解的灵感之火所占有，靠了这，我知道我今天所写的一切都会打动人们的心灵的。

我告诉您，我刚才所说的无所动心，在我却是少有的，这您不会说我自吹自擂吧。我相信这是因为我有耐心，并且训练我自己不要向惰性投降。我知道怎样征服我自己。我乐于自己没有走上我的俄国兄弟们的路，他们因为缺乏自信力和自制力，一遇最小的困难，就把工作撇开。这就是为什么他们如此大有才干，却写得那么少，而且结果又是那么像非职业作曲家的缘故了。

您问我管弦乐曲如何写法。我从来没有抽象地作过——我心中有一个乐想，就会引起适当的外形。因此我的乐想是同时就已经管弦乐曲化了的。我写《我们的交响曲》第三乐章Scherzo的时候，心里所想的正如您所听到的一模一样。如果不用拨弦演奏，那就不可能了。如果用弓去弹，就会失掉一切，就会变成没有肉体的灵魂，它的一切动人之处就会消失了。

至于说我的作品里面有俄罗斯味，这是不错的，我开始写的时候，往往打定主意要利用一两首民歌。有时（如《我们的交响曲》第四乐章Finale一段），这是自然如此的，简直预料不到。一般地说，关于我的音乐之所以有俄罗斯味，关于民歌在旋律与和声中的关系等等，是因为我生在一个平静的地方，从儿童时代就装满了一肚子的俄国民歌的出奇的美，因此我极端爱好俄国灵魂的每一种表现。总之，我是一个彻头彻尾的俄罗斯人。

……除了小曲之外，我在写一个钢琴奏鸣曲和一个小提琴协奏曲，还想多写一些草稿才回家。请您相信，我写Romances（歌曲）的时候，选用歌词是很小心的，我希望您会中意。

     你的柴可夫斯基
     1878年3月于瑞士

〔陈原　译〕

致梅克夫人的三封信

一

梅克夫人:

　　我收到您的信,便马上作复。您想知道我的作曲方法吗?我的朋友,这是一个相当困难的问题,因为不同的作品产生的情况有很大的差异。然而我将把我工作的一般方法告诉您,为了解释创作过程起见,我得把我的作品分成两大类:

一、我主动地由于忽然的意趣与内在的迫切需要而写的曲子；二、应外界的需要而写的曲子，例如应一个朋友或出版家委托而写的，我的《大合唱》就是为巴黎工艺博览会写的，《斯拉夫进行曲》是为红十字会而写的。

我要在这里解释：经验证明了一部作品的价值并不看它属于哪一类。常有这样的事，即受人委托写出来的曲子结果很成功，而由我自己的灵感写出来的东西，有时却因为种种意外的理由而不甚成功。作曲家写曲时的周围环境，因此而产生的心情，是很重要的。艺术家在创造的时候，必须是很平心静气的。在这种意义上，创造性的活动往往是客观的，即使音乐的创作也不能例外。

有些人认为艺术家可以用他的天才，从当时的特殊情感里把自己解放出来，那是不对的。他所表示的悲哀或快乐的情感，往往是，而且毫无例外地是牵连到过去的。即使没有特殊值得快乐的理由，我也能够经验一种快乐的创造心境的，反过来说，就是在顶快乐的环境当中，我也可以写出混合了黑暗和绝望的音乐。简单地说：艺术家所过的是一种两重生活，一重是人类日常的生活，另一重是艺术家的生活,这两重生活总是不大能够融洽在一起的。我再说一遍,对于作曲很重要的一桩事情,就是要暂时忘记日常生活的繁琐,把自己无条件地贡献给艺术生活。

对于第一类作品,即因内心灵感的冲动而写成的那一类,无须乎什么意志力的。只要你听从内心的声音就够了,如果日常生活不至于粉碎你这艺术生活的话,写作的过程就出奇地平稳。你忘记了一切,你的精神和甜蜜的刺激在一起震动,在你尚未跟随这飞快的行程走到结尾时,时间早已不知不觉地溜过去了。在这种情况下就有所谓梦游病的状态。On ne s'entend pas vivre——这些瞬间,是不可能解释的。在这样的时期中,凡是笔下所流出来的,或者存在于脑海里的,往往都很有价值,要是外边并无什么东西打扰它的话,将会成为这个艺术家顶好的作品的。

至于约写的作品,有时你必须创造出你自己的灵感来。常常会有这样的情形,你首先必须征服懒洋洋的状态和缺乏兴趣的状态。接着种种困难来了。有时胜利来得很容易,有时灵感完全消失。但我相信一个艺术家的责任就是永远不肯罢手,因为懒惰是人类很强烈的习性，对于一个艺术家，是再没有比之让懒惰支配了他更坏的事情了。你不能老是坐在那里等待灵感；灵感是客人，她不会来拜访懒汉的，她要去看那些想会见她的人。攻击俄罗斯民族缺乏创造力，攻击俄国人懒得可怕，也许基础就在这里。他总爱把事情搁下来，天生的才能他是有的，但他也天生缺乏一种自制力。你必须获得它，你必须征服你自己，你切不要陷入唯美派，一经陷入，就算是如格林卡这样伟大的才子，也苦不堪言的。像他这样的一个人，有那样伟大的创造力，活到那么大的年纪，所写的东西却少得可惊。念念他的《回忆录》吧，你就会知道他只是作为一个唯美派那样地随便工作的，心情好的时候才动手。我们有格林卡是很可骄傲的，但我们必须承认他并没有完成他的天才所赋予他的任务。

他的两个歌剧，尽管有着罕见的异常创造性的美，但风格的不相称，却是很显著的。纯粹的和优雅的美之后却是婴孩似的天真和无味。假如格林卡的出身是另外一个社会层，假如他活在另外一些环境里面，假如他像一个艺术家一样工作，认识到自己的力量，觉得他有责任来完成他的才能到极大的地步,而不是写音乐来玩玩的,不是只因为没有旁的事可做才来写音乐的,那么,该会多么不同啊!

我在上面告诉您说,我对于灵感的追求总不会落空,这,我的朋友呀,我希望您不要以为我在自吹自擂。我只能说这样的一种力量——我称之为善变的客人——对于我,久已习惯了,我和她已经难分难离了,只有当我的日常生活侵扰到我头上,她认为她在这里已经是多余了的时候,才暂时离开我的。

但是黑云一过,她又会重新出现。所以我可以说,在我的心境正常的时候,我是随时随地写音乐的。有时我满心好奇地看着这一种创造的急流,不管我当时可能还在进行的任何谈话,不管当时和我在一起的人们,就自动地走进我脑海里划给音乐的那一片区域。这些灵感有时是对于手边已经在计划的小作品的润饰和旋律的详细发展,有时又会有全新的,从来没有过的音乐思考出现,这我得勉力把它留在我的记忆里。它究竟打从哪里出来,是一种神秘呢。

现在让我告诉您我创作的实际过程吧——可是等我吃了饭再说。Au revoir,您知道写这样子的东西是多么不容易——却又是多么愉快的呀!

昨天我跟您讲作曲程序的时候，还没有把我第一步草稿之后如何做法的事清楚地告诉您。这一方面是特别重要的：凡是感情冲动所写出来的作品，必须精密地去处理它，把它修正，把它增补，顶重要的是把它压缩来适应形式的需要。在这一点上说，你有时必须反对你的脑袋，一定要无情呵，你要把带着爱情和灵感写出来的东西摧毁，虽然我们不能够说我的创造力或想象力贫乏，可是我在处理形式的时候，总是缺乏技巧的。只有勤奋不断地劳动，才使我终于获得一种在某种程度内跟内容相称的形式。过去我是很大意的，我不知道对初稿作精密的考验有着极端的重要性，因为这个缘故，接上来的插曲便很松懈地凑在一起，而那接口的地方更是明显得很。这是一个严重的缺点，多少年我才开始把它改正过来，可是我的作品决不能拿来做形式的好例子，因为我只能改正我音乐性格的天生的错误——我可不能够内在地把它改变。我也知道离成熟还很远，但我乐于看见我自己是在慢慢地进步了，我热诚地沿着这条路走到完全之境。所以，昨天我说我从初稿毫不踌躇地写出作品来，这是不对的。这只是抄写，是对于初次计划的精密考验，往往是修正初稿的错误，很少有增加的，减少的却很多。

我还提议一件事情[1]。您说您想看看我的草稿。那么您肯不肯要我的《叶甫盖尼·奥涅金》的原稿呢？到了秋天这部东西的钢琴谱可以印出，也许您高兴把我的草稿跟印出的作品比较一下吧。假如您喜欢，您回到莫斯科去时，我便把原稿寄给您。我仅仅提议《奥涅金》，因为我从没有这样容易地写过东西的；原稿改动不多，还可以看得清楚。

你的柴可夫斯基
1878年7月6日于卡明卡

二

我的草稿是写在手边随便一张纸上的，有时是一片拍纸簿的破纸，我写得非常压缩，心里一想起一个旋律，马上便会有伴随它的和声了。总之，这

---

[1] 这个提议立刻被梅克夫人接受了，她写道："亲爱的，如果您同意肯让我出500卢布买您的原稿的话，我就可以接受它。只是我恳求您毫无保留地告诉我：这数目是不是和它的价值相配呢？"柴可夫斯基回信说："这原稿是无价的呢！"但他终于承认："这是我一生当中第一次碰见有人对我的稿本发生兴趣。其实我还不曾显赫到连手稿都值钱呢！"

两种音乐要素,连同节奏,是不能够分别想出来的;每一种旋律都带了它自己不能避免的和声和节奏。如果和声非常复杂,你就必须在草稿上注明声部;要是和声非常简单,我往往只需把低音部写下来,或者写出一个有记号的低音部;有时我连这些也不必写,它总会停留在我心里。关于改写做管弦乐谱,要是你做的是管弦乐曲子,那么,你的乐想就一并会带来了表现这乐想的适当乐器。只是你后来往往会改变这种管弦乐谱。歌词决不能按照音乐填上去的,因为唤起适当的音乐表现的,正是这歌词。假如那是一支小曲子,当然是可以填词的,可是对于一首严肃的作品,却不能采用这样的一种程序。所以,您告诉我的关于《为沙皇献身的一人》的东西,一定不会是真的。你也不能先写下一部交响乐,然后给它定一个"标题",因为在这里又一次是这样的:选定了一个标题,这标题的插曲会引起它自身的音乐表现。一部作品的最初草稿,写起来是极其好玩的;有时会引起讲不出的快活,但它也等于一种焦躁和神经性的刺激。你会"废寝忘食"。但实际上执行计划时,却是在非常静穆和幽悠的状态下进行的。一部已经成熟的作品,即是说在心中对它的一切早已应有尽有地想到时，要把这样的一部作品写成管弦乐谱，真是一件得其所哉的工作。只是写钢琴曲子，或者小歌曲，大抵是不能如此的。这些小东西做起来很使人着恼；目前我却正是忙于写这样的东西。

您问我是否拘泥于已有的格式。可以说是，可以说不是，就某些作品来说（例如交响曲），那格式我是姑且依循着的——但这只能依循一个大概和乐章的适当联结而已，细节之处可以随意增添，当然得按照那乐想的自然发展。举个例说：《我们的交响曲》就是处理得很自由的。第二主题，照传统是应该给放在一个相关长调里的，这里却变成短调，而且不相关。同一乐章的结尾，这个第二主题只部分出现。如此，则"结尾"一章也跟传统的形式不同。对声乐（这里一切都靠着歌词的）和幻想曲（如《暴风雨》和《法兰西斯加》），你却可以创造你自己的形式。您问起根据普通和弦如何写出旋律来，我可以向您证明，可以给您一些例子，说明靠了节奏和音符的提高，音乐可以变成万万千千的新而悦耳的结合物。这里说的当然只是指单音乐，在复音乐当中，这样子的一种旋律构造，是会破坏各声部的独立性的。

贝多芬、韦伯、门德尔松、舒曼,尤其是瓦格纳,往往是用主三和弦的几个音来构成旋律的,而且任何一个有才能的音乐家,都可以这样创造出新鲜而漂亮的旋律来。您记得《尼伯龙根》里面《剑》的主题是怎样的好听吗?

我也很欢喜威尔第(这是个极有天分的人)的歌剧《假面舞》Bal-Masque里面的一个旋律。

还有,鲁宾斯坦的《海洋交响曲》的第一乐章的主题是多么动人,多么新鲜呵。

如果我在我的脑中搜索一下,就可以给您一大堆例子,来证明我的论点。做得到与否,那是能力问题;有能力的不知道什么事情做不到,能力可以无中生有地创造悦耳的音乐。还有什么东西比上面这些旋律更俗的呢?贝多芬的《第七交响曲》。

还有格林卡的Jota Aragonese。

然而贝多芬和格林卡在这些旋律上创造了多么可惊的音乐啊!

1878年7月7日

三

这是昨天那封信的继续。您说您害怕您的信说到音乐的时候,不会使用正确的音乐术语。我现在把手掌扪着心胸向您发誓,即使您偶尔用了一些并不很正确的音乐术语,也并不离题万丈的,而且绝对不会使我不明白您说的是什么。就算您真的用错了术语,我也懂得您想说的是什么。总而言之,我从不曾笑过您的音乐见解;恰好相反,您所呈现的技术知识,真是最有教育的爱好音乐的人,也很少有的。亲爱的朋友,您谈到音乐的时候,请不必担心。假如真用错了什么术语的话,我一定会告诉您,给您指出来的。

[陈原 译]

威尔第：怎样才是一个真正的艺术家？

朱塞佩·威尔第（1813—1901），出生于意大利布塞托，意大利歌剧复兴时期最具代表性的作曲家、剧作家。威尔第把意大利歌剧从神话传说转向了现实世界，以题材的社会性、现实性，人物、环境的质朴真实，音乐、戏剧的紧密结合而著称。主要作品有：《纳布科》《弄臣》《茶花女》《游吟诗人》《奥赛罗》《阿伊达》《西西里晚祷》《法尔斯塔夫》《假面舞会》

《唐·卡洛斯》。威尔第被誉为"歌剧之王""意大利革命的音乐大师",他把意大利歌剧推向了一个新的历史高峰,为世界歌剧艺术做出了杰出的贡献。

19世纪30年代到70年代,意大利经历了激烈的社会变革,其主题是民族解放、国家统一。威尔第参与到了大变革中,《纳布科》的成功上演成为民族歌剧的经典之作;剧中的希伯来奴隶合唱《在幼发拉底河岸》广为传唱,是一首反抗奥地利统治压迫的民族战歌,后来被誉为意大利第二国歌。威尔第留下的书信通信者范围很广,包括作家、出版家、指挥家和社会人士等,其内容涉及艺术趣味、政治见解、文化立场等问题。在这些信件中,始终能读到威尔第的使命感、责任感。致文钦磋·托列里的信是对其子阿希尔的劝勉与鼓励。在致弗兰切斯科·弗罗里摩的信中,威尔第拒绝了当音乐学院院长的邀请,发表了自己对音乐教育的深刻见解。在致汉斯·彪罗的信中,威尔第则展现出了以德报怨的优秀品质。

致文钦磋·托列里的信

亲爱的文钦磋·托列里[1]:

承惠寄您和令郎阿希尔[2]的玉照,谢谢。只是您在两帧玉照上的题词,未免过誉,要不是我因风吹日晒、皮肤变粗糙的话,真会羞惭得面红耳赤的。无论如何,我得向您道谢,至于我没有寄上自

---

[1]那不勒斯记者和音乐批评家、那不勒斯《马车》报主编。1847年任圣卡尔洛剧院秘书。

[2]文钦磋·托列里的儿子,诗人兼剧作家。

己的肖像，那只是因为我没有罢了。

阿希尔不要金钱接济，我表示赞许。如果说生活里有什么值得尊敬的话，那就是用辛勤劳动挣来的面包。阿希尔还年青——让他工作吧。如果他身体不很强壮——那就工作得别太过分，但毕竟是要工作的，但愿他别模仿任何人，特别是那些大权威。只有这样，他才能渐渐摆脱他们的束缚，不致亦步亦趋地学习他们。（请学者们原谅我这样说！）但愿他以手扪心，谛听心灵的声音。如果他具有一个真正艺术家的素质的话，他的心会把一切都向他提示的。但愿他别为大家的赞扬而陶醉，也别因别人的谴责而畏惧。当别人的评论（甚至是最公正无私的评论）反对他的时候，但愿他能勇往直前。评论家的职司是——根据既定的法则和规格来判断，而且也必须这样判断；而一个艺术家却必须高瞻远瞩，在混乱的现象中预测新世界。如果他在新的道路上看见远远的前方有一星火花在闪烁，但愿他就别为周围的黑暗胆战心惊，而是迈步前进。他有时也不免跌倒在地，但愿他能爬起来，重新奋勇前进。

但是，见鬼，我这样喋喋不休干什么呢？我所讲的事情令郎阿希尔要比我懂得多。要知道我之所以饶舌,也不过是因为盼望他早日脱颖而出,为意大利增光罢了。

再见,再见,我(同时也代表培皮娜)诚心诚意地祝阖第新年幸福。再见。

您的威尔第
1867年12月23日于热那亚

〔李季芳、陈登颐、高士彦　译〕

致弗兰切斯科·弗罗里摩的信

亲爱的弗罗里摩：

您代表那不勒斯音乐界邀请我任那不勒斯音乐学院院长。这不仅表达了在音乐学院工作的作曲家的心愿，也表达了贵地许多音乐家的心愿，使我自尊心得到满足的，莫过于此了。

承你们委以重任，我本当欣然从命，但考虑到我的工作、我的癖性，又考虑到我一向对独立不羁的生活的爱好，我实在担负不起这样重大的责任，因此非常遗憾，我竟不能如我衷心希望的那样答复您。您也许会说："可是艺术呢？"当然，为了艺术，我从来都没有吝惜过自己的力气，但正是为了今后能真正为艺术做点事情，我必须摆脱作曲以外的其他事务，无论是哪些事务。要不是为了这个原因，您不难想象，我能就任像斯卡拉蒂、杜朗特和列奥等那不勒斯学派奠基人担任过的职位，将会感到多么自豪，而我能向学生布置这些先辈的练习（这些练习是如此严格，同时又是这样清晰）又会感到多么荣幸。要不是为了这个原因，我就会，如果可以这样说的话，一只脚踏在过去，另一只脚踏在现在和将来（因为我并不惧怕将来的音乐）；我就会对青年学生说："你们要持之以恒地顽强地学习赋格技巧，直到深得其中奥秘，直到你们的手变得苍劲有力，对这些法则能应付裕足，能随心所欲地摆布音符为止。只有这样，你们才能学会很好地分配声部，自然地转调，蛮有把握地作曲。"

"你们要学习帕列斯特里那[1]，和他的不多几

---

[1]作曲家，罗马复调音乐的领军人物。他写了不少无伴奏合唱曲。这些合唱曲都以和声明快、节奏流畅、对位手法丰富而见称。

个同时代人，然后你们要进一步研究玛尔切罗[1]，特别要注意宣叙调的写法。不要看过多的现代歌剧，不要为和声、配器以及减七和弦的美妙音响所迷惑（我们大都每写四小节音乐，就不能不用上半打七和弦。我们把减七和弦当成了避难所，殊不知它却是我们的绊脚石）。"

在学习这些东西的同时，我还要要求学生多方面地研究文学。等到青年们修毕这些课程以后，我就对他们说："现在你们可以问心无愧地放手写了，你们（假定这些学生真有艺术素质的话）会成为作曲家的。"无论如何，你们不能滥竽充数，使我们时代的模仿者和无病呻吟者的队伍更加扩大，老是探索、探索，却一无所获。

在唱歌教学方面，我也希望采用像往昔那样的声乐作业，而辅以现代的朗诵技巧。

这不多几条原则，乍一看来好像很简单，但要使它们实现，却需要在教学上煞费苦心，精雕细刻，甚至一年十二个月都嫌不够。而我呢，我的房

---

[1] 威尼斯派作曲家、诗人兼法学家。他留下许多乐曲，其中最重要的、使他负有盛誉的是他为大卫的50首诗编配的乐曲（《赞美歌集》）。

屋、我的兴趣，总之，我的一切的一切都在这里。试问，我怎么能到贵地来担任这项工作呢！

所以，我亲爱的弗罗里摩，请您别推辞，千万要在您的同事和你们美好的那不勒斯的许多音乐家面前为我说情，为我的不识抬举，没有能接受他们的好意而深致歉意。希望你们能找到一个合适的人。首先是要学识渊博，并且对课业能严格要求的人，来当你们的院长。在剧院里对位上的自由处理和错误是可以容许的，有时这种自由处理甚至是美妙的，可是在音乐学院里却不行。回到过去，将意味着前进。

再见。

    我永远是您的威尔第
    1871年1月5日于热那亚

[李季芳、陈登颐、高士彦 译]

致汉斯·彪罗的信

我所尊崇的彪罗大师[1]：

您连丝毫过失也没有！根本谈不上什么忏悔、

---

〔1〕彪罗是学识渊博、多才多艺的德国音乐家，经常在欧美各地献演。在音乐会上，不论以钢琴家还是指挥家的身份出现，都同样受到欢迎。彪罗也常作有关钢琴艺术的演说，并在报刊上发表音乐评论文章。他从1869年起在意大利住过几年，因此对该国的音乐文化很有认识。他是瓦格纳的热烈拥护者。1874年彪罗突然在报纸上发表一篇评论，以挑衅式的轻慢口吻，猛烈攻击威尔第的《安魂曲》的演出。他讽刺地称威尔第为"元老"，称他为把意大利艺术风味引入歧途的"全能的破坏者"。（转下页）

原谅。既然您过去的信念和现在不同,那么您当时直言不讳地谈出来,做得正对。我从来也没有因此抱怨过。再说,谁知道呢,也许您当时的看法倒是正确的。

无论如何,您这样一位才华横溢的、艺术界中出类拔萃的音乐家,竟对我华翰远颁,实在使我喜出望外!这绝不是因为我的虚荣心得到满足,而是因为我见到,真正的艺术家,怎样能捐除门户之见,舍弃不同民族和不同时间的偏见,而公正无私地判断。北方和南方的艺术家有不同趋向,唯其不同,正是一件好事!瓦格纳说得好,每个人都应保持自己民族的特点。你们是幸福的——直到现在都不愧为巴赫的子孙!而我们,帕列斯特里那的后裔

(接上页)彪罗指控他力图破坏罗西尼的不朽功业(彪罗说,这些不朽的功业是使威尔第感到"不快"的),使它的影响在意大利荡然无存。不仅如此,在《安魂曲》演出后翌日,彪罗又在报纸上作如下的声明:"汉斯·封·彪罗昨天没有参加在圣马可教堂演出的话剧。有些外国人专程赶到米兰,听威尔第的宗教音乐,汉斯·封·彪罗不在其列……"

而在1892年4月7日,彪罗却从汉堡写信给威尔第,请求他"俯听一个罪人的忏悔",请他原谅自己当年的攻讦,申述自己内心的变化,叙述自己如何在学习《阿依达》《奥赛罗》和《安魂曲》时,对威尔第大师的音乐击节叹赏,如何对他衷心爱戴。彪罗在信末欢呼道:"威尔第,我们亲爱的盟国的瓦格纳,万岁!"

呢，过去我们也曾代表过一个伟大而具有民族特色的学派，可是现在这个学派却堕落得以模仿为能事了，它已面临灭亡的危险！但愿我们能回到过去！

很遗憾，维也纳的音乐展览会，我不能躬逢其盛了。在那里，除了有幸能会见许多名音乐家以外，能和您握手欣晤，更为一大快事。承诸位先生盛情邀请，未克从命前往，望体念我风烛残年，谅之为幸。

真诚地景仰您的威尔第
1892年4月14日于热那亚

[李季芳、陈登颐、高士彦　译]

瓦格纳：远离尘嚣

威廉·理查德·瓦格纳（1813—1883），出生于德国莱比锡，作曲家、指挥家、剧作家。瓦格纳对传统歌剧进行了彻底改革，实施了"整体艺术观""无终旋律""主导动机"的手法，改革后的歌剧被称为乐剧。他创作了《尼伯龙根的指环》《特里斯坦与伊索尔德》《漂泊的荷兰人》《帕西法尔》等划时代的经典乐剧，使浪漫主义歌剧发展到顶峰。他扩大了管弦乐队的编制，加强了乐队的表现力。瓦格纳的音乐手法与剧场观念，深深影响了20世纪的各种艺术，因此被誉为"乐剧巨匠"。

瓦格纳与李斯特都是西方音乐史上的大人物，他们之间有过很多书信往来，展示了彼此间淳朴的友谊。当瓦格纳还未功成名就时，李斯特就给予了他很大的帮助，如经济上的赞助、才华上的肯定、时运不济时的支持等。当然，瓦格纳能和李斯特惺惺相惜，也不单单是因为后者的馈赠。他们通信的英译者弗朗西斯·胡阿弗就谈道："瓦格纳不仅鼓励李斯特创作伟大而新颖的作品，而且，很显然地，他也提高了李斯特的智力水平和艺术水平。李斯特的本性是高贵的、完美的，但是他生活在危险的环境中，大千世界的影响和音乐名家要活动于显眼的公共场合的影响在他的性情上留下了烙印。在这里，瓦格纳不妥协的理想主义以及愤世嫉俗的艺术信念也如同补药一样，完善了李斯特的性格。"

致李斯特的信

亲爱的弗朗兹：

　　您也许会想到我收到您的信后有多么高兴，当我如此长时间没有见到您，也没有您的消息时，我对您的思念却与日俱增。我常想您不再关心我了，我现在不给您写任何带有推理性的东西，因为您的回信只能用口头来表达。天知道，我只有用这种方法来惩罚自己，以便我们最后见面时保持良好的关系。因为得注意自己的身体状况，我将自己置于一位优秀的法国内科医生帕瑞斯恩·瓦兰特的直接指导和监督之下，没有比这更好的办法了。他在这儿经营着一家从事水疗法的机构。当我意识到这位帕瑞斯恩·瓦兰特医生的英勇时，我克服了起初对这项治疗方法产生的厌恶。我正在全面采用这项新的疗法，完全康复的可能性非常大，而我的疾病归根结底是由紧张和焦虑引起的。我可能将因此而被拘禁至9月底，所以我希望您能在11月中旬左右来，那时我很可能会在，因为我不相信您会放弃同格瑞恩在一起，我希望那时见到您从父亲的家乡载誉而归。

　　我已经十分熟悉您的交响诗了，现在它是唯一能打动我的乐曲。在治疗期间，我必须想一些事情来做。我每天看一两页乐谱，那就像读一首诗一样，优美流畅，没有停顿。我觉得每一次都像驶进了一条水晶的洪流，在那儿我才能真正成为自己的主人，抛开整个世界，过一小时属于我自己的生活，振作起精神。我为您的存在而兴奋起来。是的，朋友，您能做到的。您能行！

　　关于您我不想说太多，最好的措辞也许会因这种关系而变得有些琐碎，够了，够了，您很快就会来这儿了，给我带来但丁。这将会是一件多么美好的事情，谢谢您。

我昨天将装有《莱茵黄金》和《瓦尔基里》原创乐谱的包裹寄给了您，它们的命运也许是较特殊的一例，请让我简要地说明一下。

我将会死，而且也不能完成下一步的工作，除非我找到一个如我所愿的住处，也就是一间我自己的小房子和一个花园，这都得远离喧嚣，特别是远离该死的钢琴的噪音，那是我命中注定的，无论逃到哪里也摆脱不了的。甚至在这里也不行。它使我如此焦虑，甚至会妨碍我的正常工作。四年来，我一直想实现这个愿望，看来都是徒劳的。我只有买一块地并在上面建一幢房子才能实现了。这种可能性使我像一个女人一样陷入沉思。当它前不久出现在我面前时，要将我的《尼伯龙根》卖给哈特，然后收下应得的钱。他们表示，他们甚至会不择手段来得到我的作品。结果我做了如下要求：他们要买已写完的两部分，还要买明年的《齐格飞》和1858年底的《齐格飞之死》，并且要为手稿的传递支付额外的费用。他们还有义务在1859年底，表演的那一年，出版整部乐谱。最后我对他们的答复完全失望了。哈特表达了愿意根据我的喜好为我买一块地的意思。如果我们同意，就必须立即做出决定。在第一种情况下，我得把我的两部乐章用信寄给他们，以便将它们放在日后发表的材料中。但他们只会在抄录一本副本后，将原稿还给我。无论如何，如果我想要钱，我就必须赋予他们版权，当然他们必须要借给我乐谱。在您拜访我期间，他们必须拿到副本，这是自然的，因为您还不知道《罗英格林》的最后一幕。我在采取进一步的行动之前寄给您，这样您，而不是别人，会是第一个我就它与之交流的人。如果您有时间请看快一些，然后保证一切都准备就绪，当我告诉您时，就尽快将它寄给哈特。关于这整件事，我们见面时会有更进一步的了解。

在疗养期间，我对工作竟然变得漠不关心了。如果不是被大家鼓励着去完成它，我也许就会撒手不做了。为什么像我这样一个可怜的人要担惊受怕，并用这可怕的负担来折磨自己，即使在我的同代人不给我一个地方来工作的情况下？我已全部告诉哈特了，如果他们不如我所愿，帮我找一间地处黄金地段的独立的房子，我会对一切都撒手不管的。

好了，如果只有您来，我不会被撒克逊和德国所困扰的，带公主殿下来，听见了吗？还有把那个小孩儿也带来。如果您让我有一个好心情，我也许会将我的"胜利"置于您的面前，虽然这很困难。因为虽然这个办法我已经考虑很长一段时间了，但那些具体的材料却只在我的脑海中一闪而过，对我而言，那是非常清晰而确定的，但还不适宜于交流。此外您必须首先了解我的独特之处，特别是第三幕，有黑白棋的那一幕，之后您会更好地理解"胜利"的。

不过，我表达的这一切都不准确。

把那个优秀的戏剧带来给我，然后我们就会更加明白该怎样理解优秀的悲剧了。

您永远的支持者理查德·瓦格纳

1856年7月20日于莫勒克斯

［吕旭英　译］

致李斯特的信

亲爱的弗朗兹：

　　我希望能够用笔奉献于新的一年的开始，但是我却不能够做到像迎接您一样去迎接新的一年的到来，我亲爱的弗朗兹。首先，我的一切愿望都是我希望见到您，并且让自己的内心得到满足。在过去的日子中，我最大的遗憾就是您答应过我来访问我，结果却没有来。如果我想让上苍赐予我一件最高兴的事，那就是让我马上在自己的房间见到您，不知道您是否倾服于我的创造力、想象力？如果我仅仅想让您经历如此完全的一个惊喜，我就必须不再希望奇迹的出现。每件事对我都是一个艰难的、漫长的历程。毕竟，我需要与一位来自苏黎世的教授共同探讨。您应该知道，我不是一个多才多艺的人。我的办法以某种方式沿着一个狭窄的轨道移动，幸运的是沿着事物所包含的轨道，对我来说变得如同世界一样大。

如果我对您的存在及各式各样的义务、约会表示忌妒的话，您会了解我的感情，那种不愿任何东西将您从我身边带走的感情。坦率地说，对于我，和您在一起就是一切，就是我创作的源泉。一切都很平静但却漫溢，当我坐下来想给您写信时，却不知从何下笔，没有什么事情发生，但有些东西我却不能够不写。我最讨厌的就是与您谈起有关"商业"的事，因为当我想到您时，我的心胸变得宽广了，然而商业用最可悲的方式使它变得狭窄，变得非常糟糕，就像以前经常遇到的情况。我被迫使您为我的不幸难过，特别是今天的这些将离我远去。在新的一年里，第一次，我的写作没有表达任何东西，除了对您纯粹的礼貌。然而，我想告诉您，昨天我最后完成了《特里斯坦》的首演。我必须更加努力地致力于这场戏剧，在明年冬天的早些时候，我想在某些地方上演这出戏剧。

我阅读的东西，目前仅限于《卡德龙》，它可以让我学习一些西班牙语。上天不让我在那种情况下向您提起H.莱根利。我的妻子曾送给我一块色彩亮丽、上面有天鹅图案的地毯。

近来我听说了您和圭之卡文、奥尔巴齐等人在德累斯顿的生活。您这个恐怖的家伙！您能做任何事，当我想好好嘲笑您一番的时候，您可能也会用一种西班牙人的观点让我明白。当时间到来时，我和X开始了一段友谊，唯一的目的是不再遗漏他们的邀请，但是我已经开始后悔这样做了，任何狂热的含义都不会让我欣赏那些令人讨厌的教授的门第。但是我想努力使您明白，我希望摆脱自己的粗暴无礼，以便在您下次来访时表现得更加友好。近来我给亲爱的孩子写了一些无聊的事吗？我记得不是很清楚了，但是上天一定会原谅我的所有罪过，正如我在他的世界中原谅他许多事，在那儿上天将原谅他，孩子将不会再绷着脸。至少您应该不会生气，因为您一定知道我是如此爱您，是您教会了我怎样爱。如果公主对我生气的话,我希望她这几天好好地训斥一下M或V教授,因为如果我让任何人生气的话,事实上这种人一定是犯错误了。

当您再次做得很好的时候,我对您面前的每件事感到高兴,我很难相信,有人能做完您所完成的事。我现在相当健康,感谢威廉特为我做的一切,我希望能够报答他。

尽快给我回信,不要介意我愚蠢的举动,衷心欢迎奥腾别克。告诉这些亲爱的女士,她们友好的问候让我充满了信心。

给您全世界的祝福,我的弗朗兹,再会!

您的理查德·瓦格纳

1858年1月1日

[吕旭英 译]

李斯特:感恩与回馈

弗朗茨·李斯特(1811—1886),出生于匈牙利,魏玛乐派领军人物,浪漫主义作曲家、钢琴家、指挥家。李斯特首创了交响诗,拓展和深化了标题音乐的内涵。他的《十二首超技练习曲》,创造了钢琴演奏领域的辉煌技巧,极大地丰富了钢琴教学与演奏。他的《十九首匈牙利狂想曲》渗透了匈牙利民族特点,成为后来的民族乐派的先声。他强调钢琴的音乐效果，突破了前人的模式，使钢琴音乐具有管弦乐队的效果和气势。李斯特因在钢琴上的巨大贡献而获得了"钢琴之王"的美称。

名师出高徒，高徒亦出名师。贝多芬是车尔尼的老师，车尔尼又是李斯特的老师。学过钢琴的孩子都知道车尔尼的练习曲，如599、299、740等，几乎都是琴童们的必经之路。一日为师终身为父，在李斯特写给车尔尼的信中，可以看到他为自己长时间没有给老师写信而感到自责，也可以看到他的深情和感恩。其成功离不开老师的谆谆教诲，其喜悦也要和老师一起分享。

而在李斯特写给玛丽达古夫人的信中，展现的是一个在荣耀中如何保持宽厚、谦逊的音乐家。李斯特为振兴匈牙利音乐做出了重要贡献，被视为民族英雄，但他并没有得意忘形，而是在喜悦中慷慨解囊，为建立音乐学院筹集资金。当人们要为李斯特树立雕像时，他首先想到的不是自己，而是那些对匈牙利的文化事业发展做出卓越贡献的人物。这都让我们看到了李斯特的胸襟和情怀。

致卡尔·车尔尼的信

我最亲爱的老师：

每当我想到您对我的深恩厚谊，便想到我久别以来从未修函致候，使我深感羞愧，不敢期望给我宽恕。我满怀痛苦地自责："我是个无情的人，曾忘恩负义，我已经把给我才能和成就的好老师忘掉了。"……想到这时我的泪水便涌上眼帘，请您相信没有比忏悔的眼泪更忠实的了。请把这作为赎罪，宽赦它吧！原谅我，假如我意识到您对我有丝毫不快的心情我会十分难受的,您会原谅我吗?亲爱的大师!您会吗?那么拥抱我吧!……好,现在我的心境轻松许多了。

想您已知道我曾在此演奏您的杰作获得极大的成功,所有光荣应属于您!我本想在后天的一个盛大音乐会上演奏您的《海盗》变奏曲,地点是H.R.H夫人的剧院,她和奥尔良公爵夫人打算光临,但正如俗语所说,谋事在人,成事在天,我却突然染得风疹,不得不和音乐会再见,但未放弃,音乐会只是延期举行,希望当我痊愈时便可享受到这美妙的变奏曲公之于众的快乐。

彼克丝斯和好几个人曾告我关于您的近作四首协奏曲,它几乎轰动了巴黎,亲爱的大师,如果您允许我销售它,我将感到十分快慰。这对我是轻而易举的。而我会在歌剧演出时或在大音乐会中以首演为荣。如蒙嘉允,请交奥地利使馆转给我,标明您所希望的价格。如有章节需要变动,您只要用一根红铅笔做个记号,我便领会尊意按此办理并非常小心地向出版商说明。同时请告诉我关于维也纳的音乐活动和钢琴家的情况。最后,亲爱的大师,请告诉我在您的作品中哪些会在听众中产生最好的效果。

在这信结束时向您致以诚心的敬礼！再次请求您原谅我曾对您保持这种可耻的沉默，但请相信它使我和您一样痛苦。

您十分深情和感恩的学生弗·李斯特
　　　　　　　1828年12月23日

［关伯基、胡其鼎　译］

致卡尔·车尔尼的信

我亲爱和最心爱的大师：

似乎不可能对您解释为何这么久没有给您写信，甚至现在我只有五分钟的时间给您写信。因为户屯先生M.Luden——一个从哥本哈根来的钢琴家马上就要启程出发，因怕误了他的旅程，我必须简短地写，但延期并非失掉。别灰心！因为很快您将得到我的一封厚厚的信，我定当心兑现诺言，因为我不愿令您失望。

在这个国度里我走遍所有的艺术界，我们全体都希望您来巴黎逗留一个时期，这肯定对您有好处，您将受到欢迎和尊敬，使您感到满意。如蒙不弃，请写信告我，因为我尽力为您正如为我的父亲一样。我已特别钻研过您的可贵的奏鸣曲（作品第七号），并且已数次在行家中（或准行家中）演奏过，您真难以想象它有什么样的效果：我完全被它征服了。急板段引起热情的爆发，户屯先生请求给您写点简介；我了解您的仁慈，这确实使我难忘的，因此我满杯信心地把他向您推荐了，届时当我能幸福地亲自拥抱您时我将表示对您的感恩和崇敬（尽管是如此微薄）。

　　　　　　　　　　　弗·李斯特
　　　　　　　　1830年8月26日于巴黎

〔关伯基、胡其鼎　译〕

致巴黎的玛丽达古夫人的信

亲爱的玛丽：

　　……我在一月四日于民族剧院举行音乐会，穿上民族服，这套漂亮的礼服是深红色的短袄，银白色的坎肩和蔚蓝色的裤子，由佩斯著名的裁缝科斯加尔带着四个助手用一天时间做好的。我演奏了《拉莫摩尔的露西雅》和《半音阶加洛普舞曲》。后来又弹了《拉科齐进行曲》。据当时的一位评论家说这次进行曲就像密尔屯天使们的激烈战斗一样，不过掌声超过了战场上的厮杀声，迟迟不肯停息下来。最后也只是因为弗什泰蒂奇伯爵由五个贵族陪同严肃地走向台上，人们才慢慢坐了下来。伯爵致了简短而热情的贺词，然后郑重地授予我一把军刀。可惜我只能依靠别人翻译，然后我用法语答谢，又得请人翻译成匈语。贺词是我的秘书速记下来的，大意是：

"这把刀过去曾为保卫国家出过力，今天我们把它交到最和平的人的手中。这是一种象征。它象征着匈牙利在战场上取得这么多胜利之后，现在要在艺术、文学、科学的和平战场上博取荣誉。这把刀是我们艺术家的高贵的、明显的标志。刀鞘上镶嵌着珍珠和宝石，但这都是无关紧要的附属品，实质是刀鞘中的刀。我们的艺术品也是这样……我们真正的思想火花——热爱祖国和热爱人类，却隐藏在刀鞘里。我们将通过合法的、和平的途径进行工作，但是如果一旦有人想不公正地通过暴力来打扰我们，我们一定会拔出刀来，决不迟疑。"

在这之前，我组织了一次联欢晚会，邀请了所有我认为有利于振兴匈牙利音乐事业的人。卷发的索贝尔说，在这次晚会上，第一次使贵族老爷和资产阶级市民、绅士先生和自由主义的青年、日耳曼少数民族和匈牙利人、不断告状打官司的公子少爷和新闻记者相互和解。在这次晚会上，我讲了几个值得大家注意的主要里程碑：第一是建立音乐学院。第二是搜集全国的优秀民间歌曲，然后加以系统整理，使世界上最有文化的人和最优秀的音乐家也向它们低头、屈膝。在大家热烈欢呼下，我又加了一句：我已经开始搜集民间歌曲，有一部分已经向公众演出过，与维也纳的哈斯林格出版社已经签订了出版合同。在人们的狂呼和叫好下，我几乎没法说出第三个里程碑，就是扶持和加强新的嫩苗——匈牙利歌剧。艾克尔·费兰茨快要完成一部新的匈牙利歌剧——《巴托利·玛丽亚》，至迟到今年秋天即将同观众见面。要求大家尊重和支持它的作者、音乐指挥、在前台的演员以及所有参加这项演出的乐队和合唱队的无名成员。讲完这段话后，在这种非政治性的集会上爆发了罕见的暴风雨般的掌声和欢呼声。因为我也邀请了民族剧院的全体合唱队员和乐队队员来参加这次联欢晚会……第四个里程碑，我们要创造匈牙利舞蹈。其实也用不着我们去创造，因为它已经是活生生、热辣辣的现实,匈牙利民族的青年人在没有任何委员会、会议和学者的帮助下,已经灵巧地模仿牧民和农民的气势壮观的舞蹈,创造了新的匈牙利舞蹈——恰尔达什舞。我的话还没有讲完,我的秘书已经把吉卜赛乐队指挥蓬果·费兰茨带到讲台前面,他的出场使整个大厅光亮起来。在老一辈的人还没有来得及清醒过来的时候,年轻一代的人已经开始跳起舞来,人们疯狂地、不倦地跳着。……我和蓬果·费兰茨轮流为大家演奏舞曲!……

……又是一些委员会代表团之类到来,通知我一个好消息:我已被选为佩斯市和奥登堡的荣誉市民,还送我一根白杨拐杖……跟着一个代表团通知说,人们将在市中心为我树立塑像。……我坚持说首先应该为匈牙利文学、历史、文化生活中已故的英雄们树立塑像,等到全都有了之后,再为我雕塑。代表团的发言人为难地说:"可是我们已经募集了捐款,这怎么处理呢?"我说:"鉴于国王加冕城市波若尼和匈牙利精神首都布达-佩斯都还没有设立音乐学院,我建议你们把这笔钱作为建立音乐学院的经费。"他们总算同意了。……我觉得有责任恢复一下人们的情绪。我站起来宣布:我愿为增添民族剧院的设备筹建基金；除了为我树立塑像的基金外，我还愿再加一笔更大的捐款，以便尽快建成音乐学院。我拿出了几千福林放在桌上，然后坐到钢琴前为人们弹奏了《拉科齐进行曲》和几首从比豪利·亚诺什那里听来的传统军乐曲。弹完琴后，如果不是我那愁眉苦脸的朋友艾克尔和我那童年好友福兰肯伯格把我从后门偷偷送出去的话，我几乎无法摆脱我的同胞们。……

弗·李斯特
1840年1月7日于佩斯

［关伯基、胡其鼎　译］

肖邦：琐屑日常里的明亮与温暖

弗雷德里克·肖邦（1810—1849），出生于波兰华沙，是19世纪最具影响力和最受欢迎的钢琴家、作曲家之一，是波兰音乐史上的重要人物，被誉为"浪漫主义钢琴诗人"。肖邦一生创作了大约二百部作品，主要有：钢琴协奏曲、钢琴奏鸣曲、叙事曲、练习曲、波罗乃兹舞曲、夜曲等。这些作品中有不少是爱国主义的作品，被舒曼称为"藏在花丛中的大炮"，向全世界宣告"波兰不会亡"。肖邦已然成了波兰的象征，其所承载的意义早已超越音乐的范畴。

  青年时期的肖邦刚刚进入社会崭露头角，所举办的钢琴音乐会得到了贵族阶层的好评。在肖邦致家人的信件中，可以看到他与亲人们的愉快相处，他对朋友的真挚忠诚；尽管有时脾气很暴躁，但内心却很温暖。肖邦总能在谦虚和自豪间找到恰当的位置，在隐忍和宽厚中获得力量，他在无数个夜晚用黑白琴键弹奏着内心的独白，让个体的心灵在喧嚣的尘世中获得安宁。肖邦也知道自身的独处只是短暂的慰藉，民族的觉醒才是祖国的希望，因而他又以极其富有波兰特色和英雄气息的音乐向革命发声，即便在国外旅行演出时，他的心也始终与祖国相连，鼓舞了为争取民族解放、国家独立而英勇斗争的人们。肖邦的音乐是伟大的，他既有一颗英雄的心，又有一颗常人的心，他的信件谈的多半是琐屑的日常生活，仔细的读者会从中发现他的性格和生活态度，也由此或许才能真正体会他的音乐在指尖流淌的精妙。

家　信

　　我身体很好，戏院好像是特意为我安排的，从星期二开始每天都有新剧目上演。这还不算，我在歌剧院已听过亨德尔的一部清唱剧，并十分满意地欣赏了《科尔泰斯》、奇马罗萨的《秘密婚配》和翁斯洛夫的《货郎》。但是，亨德尔的清唱剧《卡西连费斯特》更接近我的想创作伟大音乐的理想。除了女中音蒂巴尔迪以及十七岁的年轻的冯·夏则尔（我先是在歌剧院，后来又在戏院听她唱过《货郎》)以外,现在没有一个女歌手是享有盛名的。我更喜欢她演唱的清唱剧,可能那时我听音乐的兴致要高一些。然而,即使是听清唱剧,里面也不是没有"但是"的;可能到了巴黎就不会有了。

到目前为止,我还没有去见李赫滕斯泰因,因为他要组织会议,正忙得不可开交,连雅洛茨基先生也只能和他谈上几句话。尽管如此,他还是为我搞到了大会入场券。座位很理想,凡能看到和听到的我都看了,听了。我甚至还仔细地观看了皇太子[1]。我见到了斯蓬蒂尼、策尔特[2]和门德尔松[3],但没有与他们当中的任何人说话,因为我不敢自我介绍。

前天,我们参观了图书馆[4]。图书馆虽大,但音乐书籍少得可怜。在那儿我看见了柯希丘什科[5]的亲笔信,是由我们这位英雄的传记作者法尔肯斯泰因一个字母一个字母地照抄下来的。他见我们

---

[1] 指F.威廉四世,当时的普鲁士皇位继承人。
[2] 德国作曲家,歌德的朋友和音乐顾问。
[3] 德国作曲家,莱比锡音乐学院创办者。
[4] 指创建于1659年的柏林皇家图书馆。
[5] 克拉科夫民族运动的领袖人物。

是波兰人，能流利地念出他花了很大气力描出来的信，便请雅洛茨基先生译成德文，他一面听一面记在袖珍笔记本上。此人还挺年轻，在德累斯顿的图书馆当文书。在那儿我还见到了柏林音乐报的编辑并和他交谈了几句。

明天将上演《自由射手》……这正是我所需要的，我可以把我们的歌唱家和他们的做个比较。今天我得到了去练习厅共进午餐的票子。

现在漫画已经积累不少了。
　　　　真诚爱你们的弗雷德里克
　　　　　1828年9月20日于柏林

　　　　　　　　　　［亦波　译］

家　信

最亲爱的父母亲和姐妹们：

我身体很好，精神愉快。由于埃斯涅尔的一封信，哈斯林格[1]不知道该把我往哪里请才好。他立即叫儿子当我面弹奏，把他认为从音乐角度来说最有趣的东西都拿来给我看。尽管他还没有出版我的作品，我也没问起此事，但他在给我看他的最漂亮

---

[1] 维也纳出版商。

的出版物时宣称，一个星期后我的《变奏曲》将由"奥得翁"公司出版。这真是出乎我的意料。他鼓动我公开演出。当地的人们都说，如果我不演出就离开此地，那维也纳将遭受很大的损失。这一切对我来说是不可理解的事情。我给舒班齐赫[1]也去过信，他对我说，虽然他不打算在冬季再组织四重奏音乐会，但我在维也纳逗留期间他将努力再组织一次这样的音乐会。

我到胡萨日夫斯基[2]家去了一次，听了我的演奏以后他激奋起来，并请我去吃午饭。席间有不少维也纳人，好像他与所有的人都说好了似的，一致要我公开演出。斯泰因[3]想马上把他制造的一架琴送到我的住所，如果我举行音乐会的话，就送到音乐会上去。然而，生产水平比他更高的厂主格拉夫[4]对我做了相同的许诺。维尔费尔[5]坚持说，要想拿出新东西一鸣惊人，就必须公开演出。我在

---

[1] 维也纳著名小提琴家。
[2] 奥地利皇室的高级侍从，常与音乐界人士来往。
[3] 维也纳钢琴制造商。
[4] 维也纳钢琴制造商。
[5] 华沙音乐学院钢琴教授。

哈斯林格那里认识的当地的新闻记者勃拉海特卡先生也叫我演出。他们非常喜欢我的《变奏曲》。

在那里我认识了加伦贝尔格伯爵,他领导着一个剧院,我已经在此剧院听了几次令人扫兴的音乐会。哈斯林格一再说,如果让维也纳公众听我的作品,对我会更有利,并说,报界将会立即表示赞赏,这一点所有的人都向我担保。总而言之,凡是听过我弹奏的人都要我演出,而维尔费尔还补充说,既然我来到了维也纳,而且我的作品又即将出版,我就一定要演出,否则,我必须特意再来此地一次。他担保说,现在的时机最合适,因为维也纳人渴求新的音乐。青年音乐家不应错过这样的机会。而且如果我只是作为演奏者演出,意义就会小一些,但我现在是演奏自己的作品,因此可以放心大胆地演出。他想让我先弹奏《变奏曲》,然后,为了以新颖引人注目,演奏《克拉科维亚克舞曲风格回旋曲》,最后是即兴演奏。到底会有什么结果,我现在还不知道。

斯泰因对我十分客气和友好,可是我不想用他的乐器演奏,我宁可用格拉夫的钢琴演奏,哈斯林格、勃拉海特卡和维尔费尔也支持他。今天我将做出决定。

我每到一地,人们都喋喋不休地劝我演出。我和音乐界的结交已经够广的了,只是还未认识车尔尼[1],但哈斯林格答应给我介绍。我已经看了三部歌剧:《白衣夫人》《灰姑娘》和梅耶贝尔的《十字军骑士》。乐队和合唱都很出色。今天上演《尤迪夫在埃及》。

在音乐学院我听了迈斯德尔[2]的两次独奏,城市很漂亮也使我喜欢,人们劝我一直待到冬天。现在维尔费尔来了,我和他一起到哈斯林格家去。

又及:我已经决定演出了。勃拉海特卡说,我一定会博得热烈喝彩,因为我是第一流的演奏家,他说,我的名字应与莫舍列斯[3]、黑尔茨[4]和卡尔克勃兰纳并驾齐驱。维尔费尔今天把我介绍给加伦贝尔格伯爵和乐队队长赛弗利耶德以及每个他所遇到的人,他把我当作一个经过他们规劝(毫不索取报酬地)去举行音乐会的青年加以介绍,这特别

---

[1]维也纳钢琴家,贝多芬的学生,李斯特的老师,钢琴教育家。
[2]维也纳小提琴演奏家。
[3]德国钢琴演奏家、作曲家。
[4]奥地利钢琴演奏家。

使加伦贝尔格伯爵感到高兴,因为这关系到他的钱袋。记者们睁大眼睛瞧着我,管弦乐队的队员向我深深鞠躬,因为有一个意大利歌剧院(如今已经解散)的院长先生和我手拉手一起行走。确实,维尔费尔给我办妥了一切,他亲自看排练并真诚地关心我的演出。在华沙时他待我也很好,一谈起埃斯涅尔他就显得格外亲切。

我在华沙时,凯斯勒尔[1]、埃尔内曼和查佩克还能在那里站住脚,对此,这里的人们都感到惊奇。但我向他们解释说,我只是出于对音乐的爱好而演奏,我也不教课。我选择了格拉夫的钢琴在音乐会上演奏,我担心这样做斯泰因会见怪的,但我将对他的好意深表感谢。

我想,上帝会帮我忙的——请你们放心吧!

真诚爱你们的弗雷德里克

1829年8月8日于维也纳

[亦波 译]

---

[1]钢琴教育家。

致父母的信

最亲爱的父母亲：

　　从上一封信中你们已经知道，在众人的劝说下我举行了音乐会；因此，昨天即星期二晚上七时我在帝国歌剧院登台演出了。

　　昨日在剧场里的演出，这里称之为一次音乐集会。由于我不取任何报酬，也不求有所收入，因此加伦贝尔格伯爵促成了这次演出，并做了如下的节目安排：

贝多芬的《序曲》

我的《变奏曲》

韦尔特海姆小姐的独唱

我的《回旋曲》

再一次独唱,接着是小舞剧(作为加演的节目)

在排练时,乐队伴奏如此差劲,以致我把《回旋曲》改成了《自由狂想曲》。我一上舞台就博得了掌声,每弹完一首变奏曲就响起热烈的掌声,致使我听不到整个乐队的伴奏。演奏完后观众报以经久不息的掌声,于是我不得不第二次出来谢幕。尽管《自由狂想曲》我弹得不十分成功,但却赢得更热烈的掌声,于是我再一次走上舞台致谢。在舞台上我之所以获得较好的效果,是因为德国人善于对此做出评价。星期六产生的想法星期二由维尔费尔把它付诸实施了,因此,我很感激他。

星期六我认识了吉罗韦茨[1]、拉赫内尔[2]和克雷乌策尔[3],并同迈斯德尔做了长时间的交谈。我站在剧院前时看见了加伦贝尔格伯爵,他走到我身

---

[1]捷克作曲家。
[2]德国作曲家。
[3]德国斯图加特钢琴家兼单簧管演奏家。

旁建议我星期二演出,我同意了,人们并没有给我喝倒彩。等我回家后,我会向你们叙述一切,这肯定会比我在信中表达要强得多。对于我本人及我的荣誉,你们尽可放心。

记者们喜欢上我了,可能会有说是道非的,但这对于突出赞扬是需要的。加伦贝尔格很喜欢我的作品。剧院导演德马尔先生待我彬彬有礼,特别友好。在我上台前,他鼓励我,叫我放心,思想别紧张,这样我就不感到紧张了,尤其是大厅里并没有满座。我的朋友和同事们四下分散到各个角落去听取评论和批评意见。采林斯基说,很少听到什么指责,只有胡贝听到了最厉害的指责。一位妇女说:"很可惜,这个年轻人长得不十分出众。"如果我仅仅受到这样的指责,而且他们都发誓说,听到的只是一片赞扬,他们也从未带头鼓掌叫好,那我就没有什么可担心的了。

我以《白衣夫人》为题材做了即兴演奏,而导演要求我再选一首波兰题材的——这位导演非常喜欢我排练时演奏的《回旋曲》,昨天音乐会结束后他紧紧地握着我的手说:"对,应该在这里演奏《回旋曲》。"我又选了一个波兰主题"蛇麻草"做即兴演奏,这使得那些没有听惯这类乐曲的观众大为振奋。剧场楼下我的"密探"断定说,有的观众甚至在座位上高兴得蹦起来。

然而,普遍的意见认为,对于听惯了当地钢琴家敲打琴键的维也纳公众来说,我演奏得过于软弱,或者更确切些说,弹得太柔和了。我看,这种指责会见报的,特别是因为编辑的女儿演奏时可怕的敲打奏键声。这没有什么,因为不可能没有任何指责,但是,我倒宁愿听这样的指责,而不愿听人家说我弹得过于用力。

乐队对我写得很乱的乐谱大为恼火,直到我做即兴演奏时仍流露出不满,后来在整个观众席的一片掌声和欢呼声中乐队也叫好了。我看,对乐队我心中还是有数的,对其他的音乐家我一无所知,他们不该对我不友好,因为他们知道我并不是为了物质利益而演奏的。

因此,我的第一次演出与其说是出人意料,倒不如说是幸运的。胡贝说,一个人只是按照常规走路,按照预先设想好的计划行事,那将一事无成,需要留一些东西让命运做出安排。我也是听天由命被说服去举行音乐会的。

我很想知道，埃斯涅尔对这一切会说些什么，可能对我的演出他并不感兴趣吧！但这里的人使我如此头晕目眩，以至我无法谢绝他们。而且我觉得，我并没有做什么不好的事情。昨天尼德茨基对我特别友好，他细心察看，纠正乐队的音调，真心地为掌声而高兴。我是用格拉夫的钢琴演奏的。

真诚爱你们的弗雷德里克

1829年8月12日于维也纳

[亦波 译]

贝多芬：1802年，在绝望的边缘

路德维希·凡·贝多芬（1770—1827），出生于德国波恩，作曲家、钢琴家、指挥家，在音乐史上作用巨大，集古典主义之大成，开浪漫主义之先河。他为心灵而创作，他的敏锐、他对世界的感受、他独特的智慧和意志、他的理想，甚至他的脾性等，都是欧洲特定时代的代表。1798年后，贝多芬双耳逐渐失聪，但仍坚持写作，一生创作的重要作品包括9部交响曲，1部歌剧，32首钢琴奏鸣曲，5首钢琴协奏曲，多首管弦乐序曲及小提琴、大提琴奏鸣曲等，被后世尊称为"乐圣""交响乐之王"。

在致其弟卡尔与约翰的信中，贝多芬讲述了双耳失聪的尴尬与内心的孤苦，他痛苦地走到绝望的边缘，甚至为自己安排了后事，并把这封信当作了遗书。写完这封信之后，贝多芬还是顽强地在人间又活了二十五个春秋。当情感的喷涌转换为音乐的张力时，贝多芬的音乐更加癫狂，精神在灵与肉不和谐的冲突中表现出了新的冲动。

致卡尔与约翰的信

给我的兄弟卡尔和约翰:

啊,弟兄们,你们说我恶毒、固执和愤世嫉俗,你们多么冤枉我呀!你们只看外表,却不知其中的根由。我自幼性情温和善良,总想将来做番大事业。然而,请你们想想:六年以来,我得了一种不治之症,又为庸医所误,以致病情日益恶化。我一年年受他们愚弄,总希望能慢慢治好,最后,还是不得不面对终身残疾的命运(这种病需要很多年才能治好，也许根本就治不好）。我生性热情、活跃，并且爱好社交活动，但早年就被迫离群索居、与世隔绝。有时我想忘掉这一切，可是由于耳朵背，我遭到何等残酷的挫败啊。这种经验惨痛之极，但我又不好对人家说："大声点，使劲嚷，我耳朵背。"

唉，我怎能公开承认我的耳朵有毛病呢？我的听觉应该比别人的更好才对。以前的确是灵敏极了，同行中很少有人能和我比，这是毫无疑问的。——啊，我实在说不出口，所以，当你们看见我躲开你们时（其实我是非常想和大家来往的），请你们原谅。我的不幸遭遇真是痛苦之极，因为它必然会引起别人对我的误解。对我来说，不可能和朋友们在一起，有什么消遣、高尚的交际、互相交换意见之类的事。除非在万不得已的情况下，我才和外界接触接触。

我不得不像个亡命者那样做人。当我和别人接近时，我立刻恐惧得要命，怕自己的情况有被别人发现的危险——近半年来一直是这样，因为这半年来我是遵照我那位明智的医生的嘱咐，在乡间度过的。目的是尽量少用听觉，这几乎完全符合我目前的心愿。不过，有时我又违背医生的嘱咐，抑制不住自己对社会的向往。然而，每当我身边的人听见远处有笛子声，而我却一无所闻，或是有人听见牧歌，而我又一无所闻时，我感到多么羞耻啊！这件事把我驱赶到绝望的边缘。只要再遇到一两桩这种事，我就会寻短见的——制止我这样做的只有艺术。啊，不把我自己认为必须创造出来的全部作品创作出来，我是绝对不能离开人间的！因此，又忍受着这种痛苦的生活——真是痛苦极了。我这个容易激动的身体，只要有一点突然变化，就会从最好变得最糟。忍耐，人家说我现在应该选择它做我的向导。我已经这样做了。我希望我的决心能长久保持下去，直到铁面无私的命运之神哪一天心血来潮掐断我的寿数为止。也许我的病会好些，也许不会，这一点我是有心理准备的。

28岁上，我就不得不变成个哲学家。哦，这可真不易啊！对一个艺术家来说，比对其他任何人更为不易——上天，你看到我的灵魂深处，你对它了如指掌，你知道里边有爱人之心和行善的愿望。人们，有朝一日你们听到这些话时，请回想一下，你们冤屈了我；让那不幸的人去自寻安慰吧，找出一个像他这样的人来吧：不顾重重天然障碍，艰苦奋斗，终于被世人公认为一个值得尊敬的人和艺术家。至于你们，我的兄弟卡尔和约翰，我死之后，如果许密德医生还活在人间的话，请以我的名义要求他将我的病情写成一份病历，然后把这封信附在我的病历中。这样，我死之后，世人至少可以谅解我。同时，我宣布你们二人为我微薄财产（如果能称为财产的话）的继承者。分得要公平，要互相宽容、互相帮助。你们损害我的事，你们知道我早就宽恕你们了。

卡尔弟弟，你最近对我表现的深情，我感激不尽，但愿你们的一生比我幸福些，苦恼比我少些。要用道德教育儿女，能给人幸福的是道德，而不是金钱。这是我的经验之谈。在痛苦中支持我的是道德。我之所以没有寻短见，除了应该归功于我的艺术外，其次就应归功于道德。

再见了，愿你们相亲相爱——感谢我所有的朋友们，尤其是李赫诺斯基亲王[1]和许密德教

---

[1] 奥地利、波兰艺术赞助人。

授[1]——我希望你们二人中有一个人替我保存李赫诺斯基亲王送给我的那些乐器,但不要为此引起争执。一旦它们对你们有其他更大的用途时,可以把它们卖掉。在九泉之下,还能对你们有所帮助,我将感到多么高兴啊!——我将欣然迎接死神——但如果在我没有得到机会发挥我的全部艺术才能之前死去,那我还是会嫌它太早些,尽管我命运多舛。我恐怕还是会希望那一天晚一点到来的——不过,即使早死,我也会心满意足的。这样不是可以把我从无穷无尽的苦难中解脱出来吗?你们什么时候愿意来就来吧,我将鼓起勇气来和你们见面。再见了,我死之后,不要把我忘得干干净净,你们不应该这样,因为我在世之日时常想念你们,并想如何使你们快乐。但愿——

  路德维希·凡·贝多芬

给我的兄弟卡尔和约翰,在我死后阅读并执行。

1802年10月6日于海格伦斯塔特,我就此和你们永别了——确实很悲伤——是的,那点珍贵的愿望——我到此地来时所怀着的多少会治好一点

---

[1]贝多芬的医生。

的愿望——必须完全放弃了。犹如秋叶临近凋零一样，希望早已化为泡影。几乎同我一样——我走了——甚至在那美丽的夏日时常激励我的充沛的勇气——如今也消失了——上帝啊——至少赐给我一天完全快乐的时光吧，我的心已经好久没有尝到真正的快乐了。哪一天——哪一天？啊，上帝——我再能在大自然和人类的庙堂中找到它吗？——永远不会吗？不——那未免太苛刻了。

〔黄继忠　译〕

莫扎特：真率者的谐谑与感伤

　　沃尔夫冈·阿玛多伊斯·莫扎特（1756—1791），出生于奥地利萨尔茨堡，欧洲古典主义作曲家、键盘乐器演奏家、小提琴家、中提琴家、指挥家。他自幼表现出超常的音乐禀赋，在短短35年的生命旅途中，创作出了大量杰作，几乎涉及歌剧、管弦乐曲、协奏曲、教堂音乐、弦乐四重奏、钢琴奏鸣曲等各种音乐体裁。莫扎特善于把艺术和生活结合起来，以率真的气质和乐观的态度来创作，其作品具有古典乐派的严谨、对称的特点。莫扎特被音乐界誉为"音乐神童"。

在莫扎特的成长中，姐姐玛利亚·安娜（别名南内尔）和父亲列奥波尔得·莫扎特是其心灵倾诉的主要对象。在少年时期，父亲带着姐弟二人去过慕尼黑、海德堡、科隆等地旅行演出，莫扎特展露出了极高的音乐天赋。姐姐长弟弟五岁，两人经常通信，讨论的问题除家庭事务外，多与艺术有关。莫扎特总是想把自己对音乐美的所见、所闻、所感在第一时间与姐姐分享。这是一种高贵的自我教育与审美教育，直接影响到了莫扎特的艺术气质和创作品位。在莫扎特写给父亲的信中可以看到，他们父子之间彼此尊重、相互欣赏，生命的喜悦、存在的感伤成为父子俩常谈的话题。在莫扎特眼中，父亲是最能理解他也最能帮助他的人，既是他的老师也是他的朋友，是一生一世珍视珍爱之人。尤其是在莫扎特遭遇生活、工作的困境时，父亲总能给予他精神的支持与灵魂的抚慰。

致姐姐的信

你有坐雪橇的好运气,我一心一意为你高兴,并一千次祝福你有娱乐的机会,可以生活得十分愉快。但有一件事情使我感到不安,你使缪尔克先生不高兴,竟没有同他一起坐雪橇,他会埋怨你的。那天他不知弄湿了几块手帕,他为你而哭泣。他一定预先买了一盎司的酒石,准备滑雪橇回来洗涤弄脏了的身体。我这里没有什么新闻可说,除了诗人盖勒特[1]已经死于莱比锡,而他自从死了以后,就没有再写诗。写这封信以前,我创作了《德梅特里奥》中的一首咏叹调,第一句是:"Misero tu non sei…"

曼图亚的歌剧真迷人。演的是《德梅特里奥》[2]。头牌女主角唱得很好,但非常柔和;如果你不看她的动作,只听她唱,你会以为她根本没有唱。因为她不会张开嘴,一切声音是喃喃喃地"喃"出来的。但我们已习惯于此了。二牌女主角看上去是一个近卫兵,有副强有力的嗓子,我必须说,唱得不坏,要知道她是第一次登台。头牌男角是一个阉人女高音歌手,唱得很漂亮,尽管他的嗓子有失均匀。他的名字叫卡塞利。二牌男主角已经老了,我不喜欢他,他的名字叫……要说那些男高音,其中一位名叫奥蒂尼。他唱得不坏,但像所有的意大利男高音一样发音滞重,他是我们的好朋

---

[1]克里斯蒂安·菲尔希特戈特·盖勒特死于1769年12月13日,莫扎特说他"自从死了以后,就没有再写诗",是他习以为常的雅谑的一个例证。

[2]莫扎特父子在曼图亚听到的,是哈塞的谱曲。描述那些名不见经传的角色的内容无关宏旨,但由此可以窥见莫扎特精细地观察和生动地表述的才能。

友。我不知道另一位男高音的名字。他还年轻，但唱得不怎么好。头牌舞蹈男演员——很好。头牌舞蹈女演员——很好，据说她不很丑陋，但我没有细看。其余都很一般。有一位滑稽舞蹈演员跳得很好，但不会像我写信一样婆婆妈妈地跳。乐队演奏得不错。克雷莫纳的乐队是优秀的，第一小提琴叫斯帕尼奥莱托。头牌女主角唱得不坏；她已很老，我觉得不大好看；她演得比唱得好；她是小提琴家马西的妻子，马西在乐队中演奏。演出的歌剧是《体托的仁慈》。二牌女主角还年轻，舞台表演说不上不好，但没有什么超出一般之处。头牌男主角是一个阉人女高音歌手，名叫奇科尼亚尼，嗓子讨人喜欢，唱如歌的旋律很漂亮。另外两位阉人歌手是年轻人，唱得差强人意。男高音的名字叫——我不知道。……

头牌舞蹈男演员，很好。头牌舞蹈女演员，很好，但很朴素。有个舞蹈女演员跳得不错，很引人注目的是她在台上台下都不难看。其余都很一般。这里也有一个滑稽舞蹈演员，每次跳舞都要放一个屁。在米兰，确实没有多少事情可以告诉你。我们还没有去过歌剧院，但听说演得并不成功。头牌男主角阿普里勒唱得好，他有一副漂亮而均匀的嗓子。我们在教堂里听他唱过，当时正逢一个很重要的节日。来自巴黎的皮奇内利夫人曾在我们的音乐会中演唱过，现在正在演歌剧。在维也纳跳舞的皮克先生也在这里演出。歌剧名叫《狄朵之遗弃》。这部歌剧的演出快要结束，皮钦尼先生正在这里写下一部歌剧。听说下一部歌剧名叫《恺撒在埃及》。这里也有 feste di ballo（舞蹈节），开始于歌剧演完以后。菲尔米安伯爵夫人的管家是个维也纳人。上星期五我们在那里吃饭，星期日又在那里吃饭。再会。为我吻妈妈的手一千次。我到死不变是你的弟弟。

沃尔夫冈·莫扎特
1770年1月26日于米兰

[钱仁康　译]

致父亲的信

Monsieur mon très cher Père!（先生，我最亲爱的父亲！）

我希望你此刻具有坚毅的力量，准备好来听一个最悲惨、最痛心的故事[1]；我于3日写的上一封信中，已经告诉过你不会有好消息可以听到。就在

---

[1] 1778年7月3日，莫扎特的母亲玛丽亚·安娜病死于巴黎。莫扎特在当天写给父亲的信中只说母亲病得厉害，6天以后才写这封报丧的信。

那一天（3日）夜里10时21分，我的母亲平安地睡着了；的确，当我写信给你时，她已经享受到天国的幸福——一切都已成过去。那时我在夜里写信给你，希望你和我亲爱的姐姐会原谅我这个微小的然而很必要的欺骗；因为我以自己的痛苦来判断你们将要经受的痛苦，我确实不能容许自己用这个噩耗来突然袭击你们！但我希望你们现在已经鼓起勇气来听这个最坏的消息，希望你们经过最初沉浸在自然而十分正当的眼泪和痛苦之中以后，终能顺从上天的意志，并崇拜他的渺不可求和深不可测的、全智全能的恩佑。你们不难想象我所忍受的一切——当事情向最坏的方向直线发展时，我能镇静地忍受它所需要的勇气和毅力。但仁慈的上天恩宠有加，使我能够经受得住，我曾痛哭流涕，悲不自胜——但这有什么用呢？因此我试图安慰自己：你们也这样做吧，亲爱的父亲，亲爱的姐姐！哭泣，哭泣，你们不能不哭泣，但最终需要宽慰。不要忘记，这是万能的上苍的意志——我们怎么可以反抗他？还是让我们祈祷他吧，还要感谢他的仁慈，因为她的死是幸福的死。在这痛苦的时刻，有三件事可以给我安慰——我要坚定不移地完全顺从上苍的意志，见到她安详快适地死去，使我感到她一下子变得如此喜悦；现在她比我们要幸福得多！那时我的确想和她一同逝去。从这个愿望最后产生了我的第三个安慰的源泉——想到了我们没有永远失去她——我们将和她再度相逢——我们将生活在一起，比生活在这个世界远远更为快乐，更为幸福。我们不知道和她再相逢的时刻何时来到——但这不会扰乱我，我随时做好准备。让我们为她的灵魂朗读虔诚的祷文，并把我们的思想转向别的事情，因为一切事情都有它们适当的时间。

我在埃皮奈夫人和格里姆先生家里写这封信，我和他住在一起。我有一个漂亮的小房间，望出去景色宜人，只要条件许可，我总是很愉快。但愿能听到亲爱的父亲和姐姐沉着坚毅地完全顺从上天的意志——怀着一切归于至善的坚定信念，这对于帮助我恢复平静将有莫大的裨益。我最亲爱的父亲！不要后退！最亲爱的姐姐！坚强起来！你还不了解你的弟弟的好心——因为他还不能证明它。我的两位亲人！保重你们的身体。不要忘记你们有一个儿子、一个弟弟，他正全力以赴，使你们欢乐——要知道有一天你们会承认他的期望和幸福——这一定会使他感到光荣，要知道有一天你们还会尽力使他快乐。那时我们将尽可能和平地、光荣地、心满意足地一同生活在这个世界上——最后，我们将在天国里重逢——我们生而注定要走向这个目标。

我已收到你29日的信，感谢上天，我高兴地得知你们都很健康，听了海顿酒醉[1]的故事，我不禁哑然失笑，如果有我在场，我一定会咬他的耳朵说："阿德尔加泽！"这样一个能人，在坐满了人的教堂里，当着大主教和全体宫廷官员的面，却因自己的过错而不能履行他的职责，的确是很不光彩的。多么荒唐！这就是我厌恶萨尔茨堡——那些粗鲁、邋遢、放荡的宫廷音乐家的主要原因。哼，没有一个有教养的老实人可以和他们共处！真的，他不会去结交他们，而是感到耻与为伍。可能正是由于这个原因，那些音乐家都不受尊敬，不得人心，那乐队只要组织得像曼海姆乐队那样就好了，我真希望你去看看那里通行的训练和坎纳比希行使的权

---

[1] 指利奥波德所述米卡埃尔·海顿（1737—1806）的故事。1777年12月22日，萨尔茨堡管风琴师阿德尔加泽因中风死于管风琴旁，遂由米卡埃尔·海顿任代理管风琴师。利奥波德说海顿演奏得很不像样，怕他要重演阿德尔加泽的惨剧，其实他的摇晃不定的演奏是因酒醉所致。

力。那里一切事情做得都很认真，坎纳比希是我所见的最好的指挥，他的属下既爱他，又怕他。而且，全市人民和他的士兵也都很尊敬他。不过，他们的举止的确和我们完全不同。他们作风正派，穿着整齐，不到酒馆里去大吃大喝。这在萨尔茨堡是完全做不到的，除非公爵信任你或我，在音乐方面让我们全权处理——否则是弄不好的。在萨尔茨堡几个人（或者不如说没有人）为音乐而焦虑。如果要我去从事音乐，就要给我行动的完全自由。总管家从不和我谈音乐或任何有关音乐的事情。因为宫廷里的一个官不能做乐工的工作，而一个乐正却可以把官的工作做得很好……你和施塔伦博克伯爵一同操持全部事务，工作非常熟练，的确就像尤利西斯一样——事情既已开始，只好继续干下去，但不要让自己受人蒙蔽——有时凑巧和那只头戴冠饰的鹅谈话，尤其要小心防范。我认识她，请相信我，她是个口蜜腹剑的人，这是很自然的。（由于整个事情还处于悬而不决的状况，许多项目必须在我可以接受条件以前认可；尽管如此，我还是觉得不管什么地方都比萨尔茨堡好。）但我不需要发愁，反正全部同意我提出的要求几乎是不可能的，因为我要价很高。不过没有不可能的事；如果一切事情安排得很妥当，我就不用再迟疑——要是能争取到（和你在一起的幸福）就好了。如果萨尔茨堡人民需要我，就应该同意我的一切要求——否则他们肯定要不到我。……我在神圣音乐会上和皮钦尼说了话。当我们偶然碰面时，他对我非常客气，我也对他很客气。要不是偶然相遇，我不会去结识他，对别的作曲家也是这样。我懂行——他们也懂行——这就够了。我已告诉过你，我的交响曲在神圣音乐会演出获得巨大的成功。如果我接受委托写一部歌剧，在许多地方都会碰到麻烦，但我不大在乎，因为我已训练有素；只要混淆不清的法语不要给音乐添麻烦就行。实际上这是毫无希望的；即使相比之下德语要高明得多。还有那些男女歌手！他们实在是配不上歌手的名称的，因为他们不是在唱，而是在呼喊，在吼叫，还用尽他们的力气，从鼻子里、从喉咙里使出劲来。我要为下一个四旬斋写一部法国清唱剧，在神圣音乐会演出。总监勒·格罗惊奇地望着我。你应该知道，尽管我常和他在一起，复活节以后却还没有和他接触过；他不演奏我的《协奏式交响曲》我很生气。我常常去看望和他同住一宅的拉夫先生，每次都要经过他的房间。他的仆人和女佣人常常看见我，我常常请他们代为问候。他不演奏《协奏式交响曲》确实是很可惜的，因为它可能会获得巨大的成功——但现在他已没有机会演出它了，问题在于：他向哪里去找这样的四位演奏家？有一天，当我去看望拉夫的时候，他们告诉我说他不在家，但一定很快就回来，我就等着。勒·格罗先生走进屋里来对我说："有幸再见到你，真是太奇妙了。""是的，我有很多事要做。""希望你今天和我们一起吃中饭，好吗？""很抱歉，我已和别人约好了。""莫扎特先生，过几天我真的要约你在一起玩一天。""我一定会很高兴的。"经过了长时间的沉默，最后说："对啦，你愿意为我写一部大交响曲吗？""干吗不愿意？""可以一言为定吗？""好吧，如果它的演出也可以一言为定的话，希望它不会遭受和《协奏式交响曲》同样的命运。"于是跳舞开始。他一再表示抱歉，但说不出更多的话来。总之，交响曲受到了高度的赞许——勒·格罗非常喜欢它，他说，这是他演出的最好的交响曲。但行板没有受到他赏识的好运气；他说它转调太多，并且太长。但他这个意见是有所根据的，那就是，第一乐章和末乐章演完后，听众都大声叫好，连鼓掌都给忘了。可是行板确实是我自己以及行家们、音乐爱好者和听过演出的大多数人所非常喜欢的一个乐章，它和勒·格罗的说法恰恰相反——是一个非常简短的乐章，但为了使他和他所说的其他人满意，我已写了一个新的行板——两个行板各有优点，因为两者性格不同，但我更喜欢新的行板……

　　　　沃尔夫冈·莫扎特
　　　　1778年7月9日于巴黎

　　　〔钱仁康　译〕

出版说明

本书编选过程中,得到了许多作者和译者的帮助,在此一并致谢。部分文章因编选需要,做了删改,特此说明。虽经多方努力,仍有部分版权所有人未能于出版前取得联系,我们将委托中国文字著作权协会代转稿酬及样书,联系电话:010-65978917。

山东画报出版社文学编辑室

2019年10月31日